Coup d'État

Vincent CARRERA

Angel Eyes – Coup d'État

iii

Vincent CARRERA

Du meme auteur :

Angel eyes : Volume 1 - De chair et de sang

Vincent CARRERA

ISBN-13: 979-10-95562-05-4
Dépôt légal : Janvier 2016

TABLE DES MATIERES

PROLOGUE

Que serait la voûte céleste sans ses étoiles ? Chacune d'elles est symbole d'espérance, chacune d'elles, par sa lumière, guide les âmes égarées. Mais, au sein de la nuit éternelle, d'autres astres obscurs et funestes sont à l'affût, tapis dans l'ombre, voués aux ténèbres. Le monde est ainsi fait d'équilibres insondables entre la lumière et l'obscurité.

L'humanité n'a pas toujours été un enjeu de pouvoir. Fut un temps où nous, les hommes, nous vivions tous ensemble au Royaume Céleste. De solennelles assemblées étaient animées par le Patron pour évoquer la venue prochaine des hommes sur cette Terre. Une idée qui germait de longue date, nous répétait-il, alors que nous nous interrogions sur le rôle qu'allaient jouer ces êtres de chair et de sang. Je me souviens d'une anecdote qui prend tout son sens aujourd'hui. Le Patron était concentré sur sa Création avec une intensité proche de l'obsession. Plus rien ne comptait à ses yeux. Lucifer proféra alors ces paroles qui résonnent encore dans ma tête : « Je ne serai jamais au service des hommes ». Tout commença ce jour-là, et ne prit fin que lorsque lui et des nuées d'autres anges à sa dévotion furent déchus.

Uriel, Archange de lumière.

CHAPITRE 1
RETOUR DE MISSION

Une lumière intensément blanche, aveuglante... Le plafond est recouvert d'une membrane transparente protectrice. Lunile ouvre lentement les yeux pour les habituer à cette clarté. Elle ressent un bien-être extrême. Suavement bercée par le liquide dans lequel son corps baigne, elle s'efforce de s'asseoir dans le caisson où elle est allongée. La substance qui la recouvre est visqueuse et translucide. Autour d'elle, dans cette immense salle, s'alignent des centaines de caissons identiques. Certains sont occupés. Sur son côté droit apparaît soudain son guide, Ariel.

— J'ai vu que tu étais éveillée. Comment te sens-tu ? dit-il de sa voix profonde et bienveillante.

— Mon esprit est encore embrumé, mais ça va mieux. Où sommes-nous ici ?

— Tu te trouves dans la salle de reconstitution des

âmes blessées. Ta dernière mission a été plutôt mouvementée et ton âme en a pâtit.

— Combien de temps suis-je restée dans ce cocon?

— Trois jours en comptant aujourd'hui.

Des chérubins portant des tubes argentés vont et viennent dans toute la salle. Certains s'arrêtent à côté d'un caisson, et plongent le tube dans le liquide avec une mine satisfaite.

— Que font-ils ? demande-t-elle, en suivant des yeux une petite créature pouponne.

— Ils surveillent l'état de reconstitution des âmes, surtout celles qui ont été mortellement touchées. Il arrive parfois que certaines d'entre elles ne survivent pas. Cela provoque une déchirure dans l'arbre de vie.

— Où est Corentin ? demande-t-elle nerveusement.

— Comme toi, dans un caisson, mais dans un état beaucoup plus critique.

— Je dois le voir, s'écrie-t-elle, en essayant de se redresser. Mais, soudain, sa vision se trouble.

— Repose-toi, Lunile, et quand tu seras en état, le Conseil souhaite te voir pour rediscuter de ta mission.

Elle se replonge alors dans la substance comme pour

oublier le traumatisme de sa dernière visite sur terre. Oublier tout si possible, sauf l'inoubliable. Anton est un ange ! Quelle incroyable coïncidence, se dit-elle, et quel bonheur ! Bien sûr, elle repense aussi au grave différend qui s'est instauré entre sa maison et celle de son profond amour. Comment pourraient-ils se revoir alors que leurs maisons sont sur le point de se déclarer la guerre ? Elle ferme les yeux, et plonge la tête dans le liquide tiède qui l'inonde de douceur.

Après quelques heures, un cri étouffé la réveille. Malib et Lorinn sont de part et d'autre de son nid douillet. Cette dernière se livre à des mimiques pour savoir si son amie peut émerger de son environnement protecteur. Un chérubin approuve en opinant de la tête.

— Elle est presque en état, dit-il d'une voix enfantine. Elle peut sortir.

Elle se redresse, et sort de son caisson. Le liquide finit de s'écouler. Lorinn l'étreint. Après une seconde d'hésitation, Lunile répond à son effusion.

— Ça fait chaud au cœur de vous retrouver, dit-elle en les regardant.

— On te croyait perdue après l'attaque de la secte et la mort des trois anges de Daniel, raconte Malib.

— Quoi ? Les anges de Daniel sont morts ! Il faut que

je parle à Uriel, dit-elle en filant vers la sortie.

Sur le pas de la porte, elle jette un regard vers le caisson de Corentin. Toujours immergé dans le liquide de réparation, son corps n'émet aucune vibration. Elle s'éloigne en baissant la tête, l'air peiné et soucieux.

Bien plus haut dans le royaume, dans l'immense forteresse d'airain, au cœur de la salle du trône, de nombreux anges sont réunis. Les plus puissants guerriers de la maison de Mickaël, à la mine vindicative, sont là ; plusieurs d'entre eux s'exercent au combat. Fendant la foule, escorté de sa garde rapprochée, le Général Anton se dirige vers Mickaël. La plupart des anges qu'il croise interrompent leurs activités sur son passage, et le saluent en signe de respect. Doué d'incroyables pouvoirs acquis en peu de temps, le jeune ange a prouvé au cours de son apprentissage, qu'il surpassait de loin ses semblables. Lors d'une mission sur Terre, accompagné de l'Archange, il gagna l'inestimable confiance du chef du clan en le protégeant d'un démon légendaire du nom de Baldrellus. L'affaire se répandit rapidement dans le Royaume, mais un mystère entoure toujours le jeune guerrier et sa fulgurante ascension.

Le jeune homme avance et ne prête aucune attention à ses confrères. Il finit par arriver devant l'Archange, en plein débat avec ses autres chefs militaires.

— Tout-Puissant Mickaël, voilà trois jours que je suis rentré de mission, et mon rapport n'a pas éveillé en vous la moindre préoccupation, le moindre intérêt, semble-t-il... Je vous ai pourtant fait part de l'alarmante activité de cette secte humaine.

La colossale créature, dépassant les autres d'un bon mètre, se dresse sur son trône.

— Je t'ai entendu, Général ! tonitrue-t-il. Nous nous occuperons de cette secte très bientôt. Tu n'es pas sans savoir que Daniel projette de nous envahir afin d'imposer sa conception du Royaume. Depuis que le Patron est absent, et depuis bien trop longtemps, Daniel a perdu tout esprit de conciliation envers quiconque. Nos erreurs passées sont le fruit de nos querelles toujours persistantes. Je n'accepte pas que mon frère veuille imposer sa vision du monde.

— Nous devons lui parler, répond le Général. Il écoutera et, par ailleurs, la présence de la maison d'Uriel, qui est son proche allié, jouera en notre faveur quant à la voie diplomatique à suivre. Uriel n'a jamais vraiment pris part à nos querelles. Il ne suit Daniel que parce que celui-ci est la figure emblématique de la Protection, et de plus il incarne parfaitement la fonction de gardien.

— Non, le temps de la diplomatie est révolu. Je ne suis pas dupe sur ce que projette la Bête. Elle va tenter un nouvel assaut dans très peu de temps. J'ai toujours su que cela adviendrait. Seulement, je dirigerai la riposte selon mes plans. Maintenant écoute. Nos troupes te respectent et te craignent à la fois. Réunis toute l'armée, et conduis les combattants, en mon nom, jusqu'à la maison de Daniel. Détruis les plus rétifs, et ramène les autres à la raison, c'est-à-dire dans notre giron. Ces sacrifices sont nécessaires à notre survie.

— Je ferai selon tes ordres, Archange, répond, en baissant la tête, le puissant guerrier.

Anton fait volte-face et entraîne ses lieutenants avec lui. Son bras droit, Brann, le regarde fixement en se déplaçant.

—Je sais, Brann ! Tu n'es pas d'accord avec tout ceci, et je te dirai, moi non plus. Une guerre entre nos maisons sera plus dévastatrice qu'une bataille contre l'Enfer. Seulement, Mickaël commande. Il est la parole du Patron en son absence. Nous ne pouvons pas le contredire.

— Qui peut le raisonner, alors ? demande l'ange fidèle.

— Personne ! répond sèchement Anton. Rassemble tout le monde sur le parvis de la forteresse. Je dois leur parler.

Sur l'immense place métallique, qui s'étend sur toute

la longueur de la forteresse, vient se masser une sidérante armée angélique. Des milliers d'anges arborant toutes sortes d'armes se rassemblent lentement, alors que leur Général, flanqué de son bras droit et de quelques autres inconditionnels, monte sur une scène surplombant la place.

Anton attend, les bras croisés, devant la foule. Après quelques minutes, il lève les mains vers le ciel.

— Peuple du Royaume Céleste, anges de Mickaël, le désordre sape les fondations de nos maisons. Notre archange a pris la difficile décision de rétablir le calme dans le royaume. L'Archange Gabriel nous rejoint dans cette démarche. Les maisons de Daniel et Uriel se sont alliées pour fomenter une rébellion contre l'ordre établi. Nous ne pouvons les laisser faire, car cela nous affaiblirait, et nous ne pourrions plus faire face à une attaque de grande ampleur de la Bête. Nous nous mettrons donc en mouvement, dès demain, afin d'imposer la parole unique de notre Archange.

De formidables bruits d'armes s'entrechoquant avec force affirment éloquemment que la quasi-totalité de l'armée présente suivra son Général, sans l'ombre d'un doute.

Celui-ci reprend à pleins poumons.

— Guerriers de Dieu, protecteurs des hommes, je

vous demande la plus grande fermeté, mais en même temps la plus grande clémence à l'égard de nos frères.

Comme une armée en campagne, les anges préparent leurs équipements. Des groupes se forment. Carion la brute regarde sa troupe d'élite, les yeux brillants, et s'adresse à eux.

— Le temps de la vengeance a sonné ! Nous allons enfin mettre un terme à cette rébellion ! vocifère cet ange si peu angélique. Et par la même occasion, je vais faire payer à ces sbires d'Uriel, l'humiliation qu'ils m'ont fait vivre dans leur maison. Je n'oublie pas non plus la petite peste. Celle-là, j'en fais une affaire personnelle.

La salle du conseil de la maison d'Uriel occupe le plus haut étage de la bâtisse marmoréenne. Assis en cercle, les plus vénérables anges sont là. Pendant qu'Uriel semble méditer, Tolryn est perdu dans ses voyages, Valnur nettoie une longue lame, et Nérim échange des confidences avec Agraal. Ce dernier s'interrompt en voyant sa protégée apparaître à l'entrée. Tout bruit cesse et l'archange ouvre les yeux.

— Approche jeune fille, dit-il d'une voix grave.

Les cinq créatures fixent l'ange qui hésite à entrer dans la salle de marbre. Nérim s'adresse alors à elle.

— Comment te sens-tu ? Souffres-tu encore ?

demande-t-il, bienveillant.

— Je…. Je ressens encore des picotements dans tout mon corps. Ai-je été blessée ?

— Le puissant démon qui t'a saisie à la gorge a comme aspiré une part de ton essence céleste, reprend Nérim. L'intervention de l'autre ange t'a sûrement sauvée.

D'un geste de la main qui balaie l'horizon, Uriel fait apparaître une image de la dernière scène qu'a vécue la jeune femme sur Terre. On y voit le film qui défile, sans aucun son. Agraal prend la parole.

— Nous avons clairement établi l'activité grandissante de la Bête qui prépare un coup énorme, assurément. Nous devons découvrir comment il compte s'y prendre et l'arrêter. C'est une bonne chose que les anges de Mickaël se soient déplacés. Ils savent donc que le retour de Lucifer constitue un danger réel.

L'archange intervient pour annoncer son plan.

— Quand tu seras prête, tu repartiras sur Terre avec tes amis pour suivre la piste de la secte dans cette contrée isolée de la France que nous avons repérée sur les documents que tu as rapportés. Etrangement, toute la zone est opacifiée. Seul un cri de détresse d'un humain nous est parvenu. Aucun d'entre nous n'a pu déceler, malgré nos pouvoirs, ce qui se trame là-bas.

Personne ne semble vouloir faire d'allusion au comportement étrange du Général des armées de Mickäel à l'égard de Lunile, lors de cette dernière scène.

Les échanges de points de vue se poursuivent, puis la jeune femme se retire dans les quartiers de repos. L'image créée par Uriel perdure dans sa tête. Elle se repasse ces durs moments en boucle. Des questions qu'elle n'a pas osé poser la taraudent. Pourquoi cette puissance infernale est-elle intervenue pour retenir le démon qui allait la détruire ? Et que faisait l'image de sa mère dans les flammes ?

Blottis dans leurs alvéoles, au cœur de leur quartier personnel, Malib et Lorinn méditent à poings fermés mais Lunile n'arrive pas à trouver le repos. Des images traversent sans cesse son esprit. Des rêves l'obsèdent, mélangeant poursuites et emprises démoniaques, ainsi que des plaintes humaines, et le visage d'Anton qui la fixe, avec ses grandes ailes déployées. Bientôt les sons se dissipent pour ne laisser subsister que la voix de son amour.

— Rejoins l'Arbre de vie, Lunile. Lève-toi et marche jusqu'à l'Arbre de vie, répète-t-il dans sa tête.

La voix se fait si présente qu'elle ouvre les yeux et bondit hors de son cocon. Ses deux amis sont là, endormis. La peur et la curiosité se disputent ses pensées. Elle regarde autour d'elle et descend le long escalier de marbre en colimaçon qui la conduit en dehors de la forteresse. Sur le parvis, elle se dirige discrètement vers la caverne qu'elle avait empruntée pour voyager vers la maison de Daniel. Au fond de celle-ci, seuls deux gardes se font face, barrant l'accès à l'immense arbre de lumière aux veines palpitantes. Restant éloignée, pour ne pas se faire remarquer, elle ne voit personne d'autre. Soudain, les deux créatures gardiennes s'effondrent sur le sol. Lunile s'accroupit comme pour se prémunir d'un danger. Une chaleur envahit son dos, et bientôt deux bras l'enlacent.

— Chuut ! Ne fais pas de bruit. C'est moi, Anton.

Elle tourne la tête, surprise et à la fois heureuse.

— Mais, tu es fou ! Si quelqu'un découvre que tu es là, ce sera l'incident diplomatique.

— Je sais, dit-il, mais je ne pouvais plus attendre. Ces trois longs jours depuis nos retrouvailles ont été un calvaire. Le pouvoir que j'exerce sur ces pauvres anges à terre ne durera que quelques instants. Laisse-moi me nourrir de toi, de ton regard, de ta peau et de ton âme. Je ressens cette force céleste qui palpite au plus profond de toi.

Ils s'enlacent, s'étreignent. La bouche du garçon parcourt le cou de Lunile. Il respire ses longs cheveux bruns et la soulève du sol.

— Je ne sais pas par où commencer ? lui dit-elle. J'ai tellement de choses à te dire.

— Alors ne dis rien et pars avec moi. Je t'emmène chez Mickaël, et nous serons ensemble éternellement.

— Mais…je ne peux pas ! J'appartiens à cette maison, et le destin semble vouloir m'y faire jouer un rôle essentiel. Ma mère avait raison, et en plus elle fait partie de ce plan. Je t'aime tellement ! Je voudrais qu'on soit restés en bas, sur terre, mais nous sommes des anges maintenant. Nous avons été choisis pour protéger les hommes de la Bête.

— Tout cela n'aura bientôt plus de sens, lance-t-il. Les anges, la Bête, les hommes. Tout va disparaître.

— Mais pourquoi dis-tu cela ? Nous ne laisserons pas se perpétrer une telle folie !

— Le Royaume Céleste a perdu la tête, reprend-il.

— Non ! Tu dois m'aider à rétablir la sérénité, et à les raisonner tous.

— Je ne peux pas, je suis un soldat, le Général des armées de l'Archange Mickaël. T'avoir perdue a développé en moi une force inouïe qui m'a permis de surpasser tous les autres, au point d'être craint et respecté. J'ai fait des choses que tu ne peux même pas soupçonner. L'archange a vu en moi le pouvoir d'un nouvel ordre. Je lui suis fidèle. Il est la parole du Patron.

Lunile se dégage de son étreinte et se recule.

— Alors c'est ça ! Vous avez décidé de mettre tout le monde au pas ! Mais qui a perdu la tête, Anton ? Moi aussi j'ai vécu des choses. Et maintenant j'y vois clair. La Bête va se servir de notre désunion pour frapper. Soit tu te réveilles et nous l'arrêterons, soit nous disparaîtrons tous.

— Je dois y aller, répond-il froidement. Les gardes vont se réveiller. Toi aussi, fuis si tu ne veux pas devoir t'expliquer.

En quelques foulées le puissant guerrier disparaît dans le tronc de l'arbre géant pour ne laisser qu'un petit point lumineux qui s'échappe vers le plafond. Lunile reste assise par terre un instant, puis la vision de sa mère, en arrière-plan dans les flammes, revient à son esprit.

— Tout cela doit vouloir dire quelque chose, il faut que je comprenne, se répète la jeune femme à voix basse.

En rentrant, elle s'arrête sur le seuil de la pièce où reposent toutes ces âmes endommagées. Un sourire éclaire alors son visage, lorsque le regard de Corentin se pose sur elle, assis dans son caisson, entouré de chérubins. Elle s'approche rapidement.

— Tu es réveillé, dit-elle bêtement, en poussant un soupir de soulagement.

— Tu ne crois quand même pas que tu allais te passer de moi dans tes aventures ? reprend le garçon avec une voix un peu éraillée.

Lunile sourit et lui prend la main.

— Tu m'as fait vraiment peur. Repose-toi, nous reparlerons de tout ça.

Elle s'engage sur le grand escalier qui monte vers le repaire des anciens, et débouche devant la salle où Nérim médite. Elle était sûre de le trouver ici en communion avec l'humanité.

— Bonjour Nérim, je ne vous dérange pas ? dit-elle doucement.

— Non, tu peux entrer. Que veux-tu ?

— Depuis mon retour une chose me préoccupe, et je pense que c'est d'une importance capitale.

— De quoi s'agit-il ? demande le prophète en ouvrant grand les yeux.

— Ma mère m'est apparue au moment de l'attaque. Je

l'ai vue comme je vous vois, prisonnière des flammes dans un monde qui n'était ni celui des hommes ni le nôtre. Elle a un lien avec nous ou autre chose, je le sens.

Nérim ferme les yeux un instant, puis les ouvre à nouveau.

— Ta mère est sûrement une personne très spéciale, mais je ne peux pas t'en dire plus sur elle. Tu dois découvrir par toi-même les secrets de ton destin.

— Comment le pourrais-je ? J'ai tellement à apprendre encore.

— Je peux te donner des conseils, mais tu devras affronter ton destin seule. Il existe, entre la maison de Daniel et la nôtre, un entre-deux mondes que l'on appelle la caverne des souvenirs. Les pouvoirs qui y sont concentrés révèlent aux personnes réceptives des bribes de réponses aux questions du destin. Ce lieu est interdit aux nouveaux car il peut perturber grandement leur évolution céleste. La médaille que je t'ai offerte pour ta première mission en ouvrira l'entrée. Sois prudente mon enfant.

— Merci pour tout, Nérim.

De retour dans ses quartiers, Lunile convoque un conseil de guerre dans la pièce commune. Attentifs, Lorinn et Malib s'assoient en tailleur.

— J'ai vu Nérim qui m'a donné une possibilité d'en apprendre plus sur la vision que j'ai eue de ma mère, dit-elle, tout excitée.

Les deux amis se regardent puis l'interrogent du regard.

— Oui, vous savez bien que Nérim m'aime bien depuis notre arrivée, et je l'avoue, j'en profite un peu. Une pièce secrète recèlerait des réponses à mes questions. Je voudrais m'y rendre ce soir avec vous.

— Sachant qu'on n'a pas le droit d'y aller, je suppose ? lance Lorinn.

— Exactement. Vous n'êtes pas obligés de m'accompagner, dit-elle en soulevant un coin de lèvre.

Une voix retentit à l'entrée de leur cocon.

— Moi j'en suis ! dit le jeune homme sur le palier.

— Corentin ! s'écrit Lorinn. Tu es enfin rentré. Je suis heureuse, dit-elle, en l'examinant sous toutes les coutures. Nous aussi nous viendrons, n'est-ce pas Malib ? ajoute-t-elle. L'homme hocha la tête en signe d'approbation.

Alors que le silence règne dans l'immense bâtisse de marbre blanc, la petite bande se faufile vers la caverne de l'arbre de vie.

CHAPITRE 2
DESTIN DE FAMILLE

Un couloir rocheux s'enfonce en pente douce dans une tiède pénombre. Le reflet tremblant de nos quatre anges en quête d'aventures se projette sur les parois . Bientôt ils atteignent la grande caverne de l'Arbre des voyages, aussi appelé Arbre de vie. Toujours immobiles, à quelques mètres à peine, les deux gardiens se font face.

— Que fait-on, maintenant ? demande Lorinn.

— Lunile va bien nous régaler d'un petit tour de passe-passe à sa façon, lance Corentin goguenard.

En cet instant précis, des yeux de la jeune fille un bref éclair jaillit ! Elle tend alors les mains vers les deux gardes qui s'écroulent comme deux poupées de chiffon. Les trois anges la regardent, hébétés.

— Oui ! dit-elle, un truc que j'ai appris récemment. Je vous expliquerai. Dépêchons-nous, ils vont se réveiller.

— Comment va-t-on trouver la route ? demande Malib.

— Il suffit de connaître l'existence de la caverne, répond Lunile. Seuls nos anciens en ont connaissance, ainsi que l'Archange, bien-sûr.

Le médaillon celtique, qu'elle porte autour du cou, se met à scintiller. L'équipe se lance alors dans le courant de lumière, à la suite de la jeune femme. Les voilà tous arrivés dans une immense salle aux pierres écarlates. Une petite branche de l'Arbre de vie éclaire le lieu, et une haute statue trône en son centre, dotée d'une vingtaine de bras, portant chacun un plateau rond de petite taille. Une brume tenace semble adhérer aux parois. Après un bon moment de silence les quatre anges se regardent avec perplexité. Lunile décide d'avancer vers un mur pour y appliquer ses mains. La brume alors reflue soudainement, comme fuyant leur rayonnement. De petits éclairs commencent à parcourir les parois. Les trois autres se regroupent dos à dos, fort inquiets.

Une image, à hauteur d'homme, prend forme. Une monumentale église perchée sur une butte au cœur d'une grande ville apparaît lentement. Le film qui se déroule entraîne nos visiteurs dans un lieu bien connu de Lunile. La voilà à Montmartre, bijou serti dans Paris. Puis, rapidement, parcourant les ruelles, la scène les conduit dans l'ancien appartement de la jeune femme. Dans la pièce unique, sur une étagère, repose un petit coffret sculpté en bois précieux. Elle reconnaît tout de suite ce chef-d'œuvre de marqueterie que lui a légué son père après sa mort, et qu'elle n'a pas eu le temps d'ouvrir.

L'image se brouille, les petits éclairs cessent, et la brume se reconstitue sur les mains de la jeune femme.

— Tu sais de quoi il s'agit ? demande Corentin.

— Oui, je dois aller à Paris, dit-elle d'un ton décidé.

— Mais on doit partir en mission dès demain, s'inquiète Malib.

— Je sais, il va falloir faire très vite, et je compte sur vous pour me couvrir.

Les trois amis lèvent les yeux au ciel en soupirant. Le groupe repart vers l'Arbre de vie. Tandis qu'une partie emprunte le flux vers la maison d'Uriel, Lunile attend calmement...

Les trois compères arrivent dans la caverne où les gardes dormaient tranquillement. Éjectés par l'arbre, ils tombent face à face avec Tolryn, Agraal et une demi-douzaine d'anges, l'air furibond.

— Non seulement vous voyagez par ces temps troublés entre nos maisons, vocifère l'ancien, mais en plus vous endormez la garde censée nous alerter de toute intrusion intempestive ! Je vous conseille de fournir une bonne explication à l'Archange. En route ! conclut-il brutalement.

Les trois anges avancent en baissant la tête, adoptant l'air le plus coupable possible. Corentin jette un dernier coup d'œil vers l'Arbre de vie. Personne ne semble en sortir.

Patiemment Lunile attend, en serrant les poings, puis se jette dans le flux lumineux. La garde s'apprête à reprendre son poste, juste le temps pour elle de se faufiler vers l'extérieur. Discrètement, elle progresse vers la forteresse pour accéder à la salle des voyages. A l'abri des regards, elle fait tourner le globe pour repérer la France, et elle tire le fil correspondant à Paris pour disparaître.

Pendant ce temps, au cœur de l'autre monde, un troupeau de petites bêtes, ressemblant à des cerveaux sur quatre pattes, sautille derrière le long manteau traînant par terre du Seigneur des Enfers. Progressant lentement, comme éprouvé, manquant de force, il avance dans un couloir sombre et étroit au plafond démesurément haut. Les murs sont recouverts d'une eau qui flue sans cesse vers le sol, et dans laquelle des âmes semblent enfermées, gémissantes et se tordant de douleur. Une lueur indique que le couloir débouche sur une salle éclairée par de nombreux brasiers. Le plafond prodigieusement élevé rougeoie... Y sont suspendus des essaims de cages, où gémissent des humains nus, encore vivants, à la peau en lambeaux.

Le vieil homme à la peau grise, aux longs cheveux d'argent, et aux yeux charbonneux, s'immobilise devant l'une d'elles. Une femme vêtue d'une simple nuisette, souillée par endroits, s'y tient, recroquevillée. Une longue chevelure brune recouvre ses épaules.

— Alors Charlaine, articule d'une voix caverneuse la Bête, il faut que l'on parle maintenant.

S'approchant de part et d'autre, deux créatures démoniaques aux cornes cendreuses, arborant de grandes ailes de chauves-souris, sautent de joie au son de cette voix. Le feu des brasiers s'intensifie à chaque mot pour dégager des bouquets d'étincelles.

« Tes amis ont sous-estimé ma capacité à te capturer. » Il finit sa phrase en aspirant sa salive abondante et dégoulinante.

Les deux démons présents s'empressent de ricaner, alors que les plaintes des âmes torturées résonnent dans la salle.

« J'ai épargné ta misérable fille, mais maintenant tu vas me livrer ton secret, dit-il en serrant son poing velu muni de fortes griffes.

— Certes, tu l'as épargnée, mais l'épargneras-tu demain ? Tu n'as pas de parole, lui jette la femme à bout de souffle.

— La Terre et toutes ses âmes... J'attends depuis si longtemps, mais le Royaume Céleste, là…, j'avoue nourrir une petite préférence qui pourrait modifier mes plans, reprend-il lentement en se délectant. Á travers toi, je vois ton enfant… Oh ! mais regarde qui voilà sur notre bonne vieille Terre !

D'un geste de la main, il matérialise un nuage de fumée dans lequel on voit Lunile pénétrer dans son appartement à Paris, puis une horde de démons s'en rapprocher dangereusement.

Le visage de Charlaine se crispe convulsivement...

— Non, attends !

— Il est bien imprudent de se déplacer toute seule quand l'Ennemi te guette, petit ange, lance la Bête en savourant la vision.

Ce sont par dizaines que les ombres envahissent le quartier à peine éclairé par une nuit sans lune. Un malheureux un peu éméché remonte une rue quand, sans crier gare, deux démons le soulèvent et le poignardent avec désinvolture. Les Immondices se resserrent autour de Lunile.

— Je… je te donnerai ce que tu veux, interrompt la femme, épuisée, mais laisse-la tranquille.

Dans l'appartement, Lunile grimpe quatre à quatre les marches qui la séparent de son ancien refuge étudiant. Elle débouche dans le salon, jette un coup d'œil à droite et à gauche puis localise la petite étagère où repose le coffret. Elle s'approche doucement et se saisit de l'objet mystérieux. Son médaillon se met de nouveau à luire. Elle ouvre le coffre et découvre un vieux parchemin replié. Elle déplie précautionneusement le bout de papier pour en lire le contenu. Elle remarque tout de suite la griffe de son père au bas de la page. Elle s'agenouille, empoignée par un sentiment de tristesse.

« Ma chère princesse, si tu lis cette lettre, c'est que j'ai quitté ce monde pour un autre. Je n'ai pas été un père très présent, mais je veux que tu saches que chaque fois que j'ai pu, je t'ai donné tout l'amour du monde. Mes recherches sont devenues très vite, dans ma jeunesse, une passion, et cette passion n'est pas née par hasard. Durant mon existence, il y a eu trois personnes que j'ai aimées plus que tout au monde. Les trois femmes de ma vie, ta mère, ta sœur et toi. J'ai rencontré ta mère en Turquie alors que j'y séjournais pour un voyage scientifique organisé par mon université. Ta mère était là, avec un groupe de touristes sur le site archéologique de Constantinople. Nos sangs n'ont fait qu'un tour lorsque nos regards se sont croisés. Très vite, nous nous sommes revus, en Turquie mais aussi, en France. Ta mère était exceptionnelle. Elle connaissait parfaitement l'histoire de l'empire Ottoman, sujet de toutes mes recherches. J'aimais la plaisanter sur le fait qu'elle devait avoir vécu plusieurs vies là-bas. Au début, je me prenais au jeu de vérifier ses anecdotes, tellement précises, tellement réelles, et puis un jour, alors que je venais de passer des mois à chercher l'emplacement exact d'une bataille, elle me rapporta un vieux livre. Ce livre, l'université ne pouvait pas en avoir connaissance, et pour cause, il fut détruit 200 ans avant ma naissance. Ce soir-là, quelque temps avant que tu ne voies le jour, j'ai failli mourir d'une crise cardiaque. Je rentrais d'un voyage qui avait dû être écourté, et j'ai surpris ta mère dans les bras d'un autre. Dans notre propre demeure, son amant était là, devant moi. Elle était effrayée et confuse. Cela aurait pu se terminer en une gigantesque dispute vaudevillesque, puis par une séparation comme bien souvent parmi les couples. Mais le choc fut tellement violent, et je compris au même moment tant de choses, que mon cœur s'arrêta. Avant que je ne tombe par terre l'homme replia ses grandes ailes bleutées dans son dos. Ses yeux se mirent à briller comme le soleil. De ses mains émana une lumière bleue qui m'oppressait. Je perdis connaissance ; et le lendemain, et les jours suivants, nous avons, ta mère et moi, longuement discuté. J'ai alors appris la durée de son existence, si riche, au contact des humains de l'empire Ottoman, jusqu'à nos jours. Eux l'appelaient une Néphilim, à la fois ange et humaine, et moi je l'appelais mon ange, tout simplement. Et puis tu arrivas sur Terre, fruit de l'union de cet être aux ailes bleues et de ta mère. Tout ce temps, nous t'avons préservée en te cachant la vérité. Il aura fallu que je meure pour te la révéler. Tu dois me trouver bien lâche. Même si je n'étais pas ton père, je t'ai élevé comme tel. Ta sœur est arrivée quelques années plus tard, de notre union, et dans les circonstances que tu connais. Elle aussi a quelque chose de spécial qu'elle tient de sa mère, mais bien sûr cela n'a rien à voir avec toi. Voilà ma fille, tu sais toute la vérité, du moins celle que je connais. Évidemment, tu pourrais croire que je délire, et que je raconte n'importe quoi. La maladie pourrait m'avoir fait perdre la tête lorsque j'ai écrit cette lettre. En tout cas, n'oublie jamais que je t'ai aimée et que, par- delà la mort, où que j'aille, et Dieu sait que maintenant je n'ai plus peur de l'autre monde, je t'aimerai toujours.

Ton père. »

Des larmes cristallines coulent sur les joues de Lunile... De Lunile qui s'est laissée glisser sur la moquette poussiéreuse de l'appartement.

Ce matin, ce n'est pas la grande forme ! Ensevelie dans ses pensées, elle se rend au dortoir pour y retrouver ses trois amis, consignés pour s'être permis une petite sortie non autorisée. Ils voulaient aller faire un tour chez Daniel, ont-ils invoqué pour leur défense... Mais pour avoir estourbi deux gardes, ils ont pris une sacrée soufflante et ils ne cachent pas leur mauvaise humeur à la jeune fille.

Lorsque celle-ci leur raconte toute l'histoire, ils finissent par afficher une meilleure mine.

— Nous devons préparer nos affaires pour partir dans quelques heures, lance Corentin.

— Le conseil nous confie la lourde tâche de découvrir ce que projette la secte Adoum, explique Lorinn endossant son rôle pédagogique.

— Cette fois, nous sommes à la manœuvre. Pas d'anges bourrins pour nous dire quoi faire, ironise Corentin.

Lunile garde le silence.

Valnur et Agraal attendent l'équipe à la salle des voyages.

— La particularité de cette mission se traduit par l'isolement ésotérique du lieu, dit Agraal.

Les jeunes se regardent, dubitatifs.

— Oui, Agraal veut dire que vous ne pourrez pas atterrir sur le lieu même de la mission, mais à côté, car une force maléfique isole les humains et masque notre vision, précise Valnur.

En bon maître d'armes, ce dernier vérifie le trousseau de combat de l'équipe.

— Nérim n'est pas là ? demande Lunile.

— Il est occupé, répond rapidement Agraal. Soyez prudents et bonne chance.

— J'insiste pour le voir avant de partir.

Agraal soupire.

— Bon, viens avec moi.

Lunile entre dans la salle des bassins. Au bord de l'un d'eux, assisté par deux chérubins, Nérim crée des ridules avec son index sur liquide argenté révélateur des nouvelles recrues. L'un des chérubins l'interrompt.

— Lunile ! Tu n'es pas encore partie pour ta mission ?

— Je voulais vous voir avant.

— La caverne aux miroirs du destin t'a révélé bien des choses, n'est-ce pas ?

— Je suis « spéciale », je crois l'avoir compris, mais dites-moi pourquoi cela fait de moi le centre d'intérêt de tout le Royaume. Qu'ai-je de plus que mes amis ?

— Je n'ai pas toutes les réponses, Lunile. Les âmes qui me sont révélées dans ces bassins, sont toutes exceptionnelles. Elles se détachent de celles qui seront réincarnées en humains. Deux choses influencent le comportement des anges, une fois l'âme élevée. D'abord, la maison qui l'accueille. Tu trouveras les plus purs et les plus altruistes dans notre maison. Tu pourras rencontrer les plus puissants et parfois les plus dangereux chez Mickaël. La philosophie de chaque clan agit sur l'évolution des jeunes créatures célestes. Ensuite, il y a la part de mystère. Celle qui a fait que ton âme a bénéficié d'une part infime d'essence divine à sa création. Cette essence en toi t'a fait réaliser de grandes choses pour l'humanité et pour l'univers tout entier à chacune de tes réincarnations. Chez toi il y a une part d'inconnu qui te rend si exceptionnelle. Ta dernière réincarnation est issue d'une situation inédite : le flirt d'un ange avec une néphilim. Ton destin est lié à quelque chose de plus grand encore. Maintenant, va.

Lunile est de retour dans la salle des voyages. La petite troupe se fait aspirer par le globe, pour finir en un point lumineux, en France, non loin de cet étrange village qui ne donne plus signe de vie.

CHAPITRE 3
UN VILLAGE MAUDIT

Tous les indices collectés à Paris conduisent à ce petit village enkysté au cœur de la France profonde, dans le département de la Creuse. Les étendues dépeuplées sont évidemment le terreau parfait de l'activité démoniaque. Cependant, lorsque la petite équipe parvient à quelques centaines de mètres de l'endroit prescrit, c'est une tout autre vision qui s'offre à elle.

En effet, depuis la lisière de la forêt voisine, où ils se sont postés, les anges constatent que la route qui conduit au village est barrée par de nombreux véhicules de police et de pompiers, comme si cet endroit avait été le théâtre d'un accident majeur. Des policiers en uniforme grouillent dans les environs, plusieurs tentes de désinfection sanitaire sont plantées ici et là. Des hommes en combinaisons anti-contamination s'affairent également. Subrepticement les anges progressent dans la forêt, cheminant parallèlement à toute cette installation. Un périmètre de sécurité de vingt mètres au moins protège les forces en présence d'un immense nuage noir, complètement opaque, interdisant à quiconque d'apercevoir le village de Tigoulet.

— On dirait que toute la région est plongée dans un brouillard pas très naturel, lance Corentin.

— Il va falloir que l'on en ait le cœur net. Nous devons traverser ce mur de coton, répond Lunile.

Lorinn et Malib acquiescent de la tête. Dans un premier temps Lunile tend le bras vers la brume pour la traverser de la main, puis elle s'y enfonce lentement jusqu'à disparaître totalement.

Il fait sombre, mais la pénombre autorise une vision réduite à quelques dizaines de mètres. L'équipe se retrouve dans un sous-bois. La route qui descend au village est à quelques pas. Une voiture arrêtée, à moitié dans le fossé, dispense un peu de lumière grâce à ses phares allumés. Aucun bruit d'animal ne se fait entendre. La troupe avance en file indienne vers le véhicule.

La portière du conducteur est entrouverte. Au sol une flaque de liquide noir, visqueux, s'étale sur un bon mètre.

— Que s'est-il passé ici ? demande Corentin.

— C'est à nous de le découvrir, réplique Lunile.

— J'ai une mauvaise nouvelle, ajoute Lorinn. Nos kerns ne fonctionnent pas ici. Nous ne pourrons pas détecter les réceptacles pour nous enfuir en cas de problèmes.

— Nous allons devoir être très vigilants, murmure Malib.

Il fait le tour de la voiture.

— Regardez, c'est du sang, dit-il. Il y en a plein à l'intérieur.

— Ne traînons pas là, coupe Lunile. Allons au village trouver des informations.

Lorinn alors s'arrête net, regardant au loin vers la forêt.

— Vous voyez ça ? dit-elle.

— Foncez ! hurle Lunile.

A vingt mètres à peine, deux arbres énormes s'écartent comme de simples brins d'herbe, laissant apparaître une masse informe de trois mètres de haut, faite de chairs en lambeaux, juchée sur deux grosses jambes adipeuses. La « chose » est obèse, mais elle semble capable de développer une force colossale et de se déplacer à une rapidité effarante. Comme un chien de chasse ayant repéré sa proie, elle dévale à toute vitesse la pente du bois en direction de nos quatre anges effarés. Sans se concerter le groupe en détresse se lance dans une course effrénée sur la route, en direction du village. Derrière eux, la chose sort du bois et saisit l'arrière du véhicule d'une main. Comme si ce n'était qu'un dérisoire jouet en plastique ne pesant que quelques grammes, elle le projette contre un arbre dans un fracas qui leur glaça le sang !

L'immondice gagne du terrain.

— Continuez ! Trouvez un abri ! Je vais la retarder, dit Lunile.

Notre ange alors fait volte-face, joint ses mains devant elle, et arrondit le dos en se concentrant. Le démon ralentit en ouvrant une large gueule regorgeant d'un liquide noir visqueux. Lunile desserre alors ses mains en se redressant, et en déployant ses deux grandes ailes bleutées. Une légère aura blanche émane de son corps.

— C'est moi que tu veux ? hurle-t-elle.

Dans une rage folle le monstre se jette, tous ses tentacules en avant, sur l'ange frêle et gracile. Avec une agilité qu'elle ne soupçonnait pas, Lunile esquive la première attaque. L'impact fait voler le bitume de la route. D'un bond elle se retrouve dans le dos du démon. Elle matérialise alors une grande épée flamboyante et l'abat de toutes ses forces sur l'échine du monstre. Une gerbe de liquide noir éclabousse le sol. En poussant un hurlement horrifique le démon tombe à genoux. L'ange brandit son glaive, et pousse violemment du pied la bête qui s'écroule. Un envol de corneilles éructant de forts croassements perturbe le silence qui suit la fin de l'affrontement. Elle reprend son calme, encore sous le coup de sa victoire, et descend la route vers le petit village.

Á l'entrée de celui-ci quelques voitures jonchent la chaussée ici et là. Un gros bâtiment carré de la poste a été barricadé par une dérisoire palissade en bois de deux mètres de hauteur. L'avenue principale et unique dessert un village fantomatique qui semble dépourvu d'âmes qui vivent. Quelques bourrasques de vent font voler des sacs en plastique et des feuilles mortes. Les trois amis attendent en compagnie d'une femme en uniforme de gendarme, le bras en écharpe et le pantalon de la jambe déchiré, laissant apparaître des bandages.

— Te voilà enfin Lunile, dit Corentin avec soulagement.

— La chose est partie, lance-t-elle en regardant discrètement le gendarme. Qui est-ce ? rajoute-t-elle.

La personne prend la parole.

— Je suis le brigadier Lamarque. Je protège ce bâtiment de ces « choses » qui rôdent. Mes deux collègues sont à l'intérieur avec une partie de la population. Nos radios ne fonctionnent plus, ni les téléphones, et personne ne vient à notre secours. Vous êtes les premiers que je vois depuis deux jours. Et vous, qui êtes-vous ?

— Nous sommes de passage, reprend Lunile, et nous voulons sortir d'ici mais cela semble impossible. Peut-on vous aider ?

— Quelques mains supplémentaires ne sont pas de trop, dit le gendarme. Allez à l'intérieur pour que mon adjoint, Richard vous recense, et nous verrons ce que vous pouvez faire. Il faut s'organiser en l'absence des secours.

Les quatre anges pénètrent dans le bâtiment barricadé.

— Tu as vu comme moi que la fliquette ne réalise pas du tout ce qui se passe ici, glisse Corentin à l'oreille de Lunile. Je crois qu'elle ne mesure pas l'évènement, ou ne croit pas vraiment ce qu'elle voit.

— En effet, j'ai vu dans ses yeux qu'elle était en état de choc, mais avec une dose impressionnante de sang-froid.

Le rez-de-chaussée de l'immeuble a été complètement aménagé avec des cartons et des planches clouées aux fenêtres. Le lieu ressemble, en moins impressionnant, à un bunker militaire. Dans un coin des sacs de couchages jonchent le sol, sur lesquels trois enfants aux joues noircies par les pleurs sont assis, immobiles. Un médecin s'affaire auprès d'une femme allongée sur une table dans un état de mort apparente. Le sang qui coule encore de ses blessures fait des flaques sur le sol.

— Hé vous ! par ici ! crie un gendarme derrière un comptoir. Vous avez l'air en forme ! J'ai besoin de vous. Au premier étage j'ai quatre familles, ce qui représente une vingtaine de personnes. Nos stocks de nourriture diminuent à vue d'œil. Est-ce que vous pouvez vous rendre en ville, et nous ramener tout ce que vous trouverez dans les maisons abandonnées. Faites attention aux choses qui rôdent.

— Vous pensez qu'il se passe quoi, ici, monsieur l'agent ? demande Lorinn.

— Ce que je pense n'a pas d'importance, répond-il, le regard dans le vague, les yeux légèrement exorbités. Mais on croirait avoir affaire à une expérience qui a mal tourné. J'ai vu des gens en combinaison blanche, le premier jour.

Le gendarme fixe la jeune femme, subjugué. Lorinn est d'une grande beauté… Avec sa taille mannequin, ses yeux bleus, et sa longue tresse blonde dans le dos, bon nombre de garçons se retourneraient sur son passage. Derrière ce visage angélique se cache un esprit aiguisé, avec une forte propension aux choses bien faites. Elle est l'intellectuelle du groupe, et elle obtient les meilleurs résultats dans les enseignements théoriques dispensés à l'école angélique.

— Vous avez des armes ? reprend Malib.

— Heu…., oui, quelques armes blanches dans la réserve. Je vous y amène. Pour les armes à feu, si vous savez vous en servir, on peut en récupérer dans la gendarmerie à la sortie de la ville.

Le petit local fermé à clé renferme deux haches à bois et une pelle à ciment, ainsi qu'un coupe-haie. Seul Malib emprunte une hache.

— Allons-y, dit-il.

Une fois à l'extérieur la bande des quatre se glisse hâtivement dans un café en face de la poste. Les tables sont renversées et la vitrine est brisée. La porte battante en bois est fracassée. Seuls deux petits fragments restent sur les gonds. L'intérieur offre une scène de combats violents ! On peut voir des traces de sang sur les murs. Tous les placards ont été vidés.

— On pourrait créer de la nourriture, propose Corentin. Nous avons ce pouvoir, non ?

— Manifestement, la présence du mal est avérée ici.

Nous ne devons pas utiliser nos facultés au risque d'attirer les démons, tranche Lunile.

— C'était juste une idée qui me paraissait simple, reprend le garçon.

— Tu n'as donc pas vu la chose qui m'a affrontée à l'entrée du village ! finit par dire la jeune femme d'un ton plus calme. Nous allons nous séparer. Les garçons, vous cherchez de la nourriture. Lorinn et moi, nous menons l'enquête. On se retrouve à la poste dans une heure.

— Nos kerns ne fonctionnent pas, dit Corentin.

— Eh bien, sers-toi de ton instinct, lui lance-t-elle en souriant.

Vincent CARRERA

CHAPITRE 4
LES PLANS DE LA SECTE

Le petit groupe décide de se séparer : les deux garçons s'introduiront dans la première maison abandonnée, tandis que les deux filles descendront la rue discrètement jusqu'à l'église.

— Tu crois que l'église est sanctuarisée ? demande Lorinn.

— On aurait de la chance, mais sans le kern, je ne peux pas le voir, donc, on verra bien.

La grande porte de l'église est fermée. Tous les vitraux sont en parfait état de conservation.

— Passons par la chapelle, sur le côté, dit Lunile.

Les deux filles se faufilent en tapinois dans le jardin,

et poussent la porte du petit bâtiment annexe qui n'est pas verrouillée.

Le froid à l'intérieur est saisissant. Seules les flammes de nombreuses bougies éclairent l'édifice. Longeant le bas-côté, elles parviennent à la croisée du transept. Là, agenouillé devant le chœur, un prêtre prie , bloc immobile.

Il paraît âgé d'une quarantaine d'années, il ne porte pas d'habit de messe. Les cheveux légèrement ébouriffés, le teint blafard, il s'interrompt à la vue des deux jeunes femmes. Il se relève, serrant une bible contre sa poitrine.

— Oh ! Deux anges viennent me rendre visite, lance-t-il d'un air sérieux.

Les deux filles se regardent un instant, puis Lunile s'adresse à lui :

— Bonjour mon père, vous avez l'air plutôt…entier. Je veux dire, en bonne santé.

— La foi est le seul remède à la perdition, lâche-t-il avec un large sourire.

— Pourquoi vos fidèles ne viennent-ils pas s'abriter ici ? demande-t-elle.

— Qui suis-je pour les protéger ? Ils sont venus, puis ils sont repartis.

— Que se passe-t-il, ici, selon vous, mon père ? demande Lorinn.

— Ah, une mise à l'épreuve pour la foi, une épreuve divine ! Le village est-il sorti du sentier ?

— Il a pété les plombs, glisse discrètement à l'oreille de sa voisine, Lorinn. Cette dernière fronce les sourcils.

— Le mal a donc choisi ce lieu pour répandre la terreur, reprend Lunile en fixant le prêtre.

— Il y avait toutes ces réunions secrètes depuis des mois, reprend ce dernier. Mes paroissiens ne venaient plus à la messe le dimanche. Je crois en la rédemption. Je crois au pardon. Je crois en vous. Maintenant que vous êtes là, purifiez ce village, sauvez les gens de l'emprise du Mal. Pardonnez-leur et ramenez-les sur le chemin de la foi.

— Vous croyez que l'on peut faire tout cela ? demande Lorinn.

— Vous êtes des anges, n'est-ce pas ? Alors que la fête commence ! s'écrie-t-il.

Les deux jeunes femmes se regardent à nouveau, l'air étonné.

— Nous repasserons vous voir bientôt, mon père, dit Lunile.

— Oui, oui, ne vous inquiétez pas pour moi, hé, hé… Que le seigneur soit avec vous !

Les deux anges quittent l'église pour revenir dans la rue. D'épais nuages de brume glissent de temps en temps au-dessus de la ville.

— Crois-tu que le prêtre sache vraiment qui nous sommes ? demande Lorinn.

— Parfois les humains sont clairvoyants et surprenants. Il se peut qu'il ait ressenti une présence divine à notre contact, car il est un homme de Dieu et sa ferveur est grande.

« Nous devons savoir comment tout ceci a commencé. Il doit y avoir quelqu'un qui en sait plus sur cette situation.

Quelques centaines de mètres plus loin, les deux garçons fouillent une troisième maison abandonnée. Ils ont trouvé une petite charrette en bois qu'ils traînent derrière eux ; celle-ci déborde presque de boîtes de conserve en tous genres. Tandis que Corentin ouvre les différents placards de la cuisine, Malib fait des passes d'arme avec sa hache à bois. Soudain, une vitre vole en éclats. Ce dernier fait volte-face, en garde, l'arme brandie devant lui. Corentin se dissimule derrière le comptoir de la pièce ouverte. Une légère brume pénètre par la fenêtre brisée.

— Nous sommes repérés ! lance Malib. Prépare-toi à combattre.

La brume se densifie lentement jusqu'à former un monstre hideux aux nombreux tentacules. L'un d'eux fuse vers l'ange en position de se battre. Il l'esquive, la pointe traverse un mur comme s'il était en carton.

— Va falloir que tu m'aides… Corentin.

Celui-ci pointe précautionneusement la tête hors de son refuge.

— Heu…je crois que tu ne lui feras rien avec ta hache, lance-t-il.

— Attends ! Tu vas voir. L'ange effleure alors le tranchant de son arme avec sa main. Celle-ci se met à diffuser une lumière blanche. Il bondit alors sur le démon en abattant le tranchant lumineux sur la tête informe de la bête qui éclate en une gerbe de liquide noir. Le corps s'étale pour redevenir brume et disparaître.

— OUI ! hurle Malib.

Corentin lève le poing.

—Tu es le meilleur, ajoute Corentin en se redressant fièrement. Mais, tout d'un coup, toutes les vitres éclatent en même temps, permettant le passage de trois masses de chair informes, aux regards vides.

Les deux visages angéliques se figent.

— Bon, là, on monte à l'étage. Vite ! dit le garçon, brandissant sa hache.

Le vacarme du rez-de-chaussée est bientôt couvert par un bruit assourdissant de poutre en bois qui se brise et de tuiles qui se fracassent. Arrivés dans les chambres, c'est tout un pan du toit qui s'ouvre devant les yeux ébahis des deux jeunes hommes. Une immense pieuvre noire s'infiltre par la brèche, renversant au passage tout le mobilier présent. Dans l'escalier, le grognement des bêtes se fait entendre. Les deux anges se mettent dos à dos.

Non loin de là, dans les sous-sols d'une maison bourgeoise en lisière du village, un homme sombre, encapuchonné, détaille une carte sur une table en bois. Il fait glisser ses doigts sur la surface en faisant crisser ses ongles griffus au contact de la table. Un autre individu se tient à ses côtés.

— Seigneur, ils sont là, dans le village, dit ce dernier.

L'homme sombre relève la tête, et demande d'une voix caverneuse :

— Combien sont-ils ?

— Ils sont quatre, et….elle est là aussi, reprend, hésitant, le subalterne.

Le chef lève la main vers le plafond en prenant une longue inspiration.

—Oui… je la sens. Le maître a dit de ne pas la toucher pour l'instant.

— Mais, elle va découvrir ce que l'on prépare ici, seigneur !

— NOOON ! Assure-toi que tout disparaisse. Nous avons encore besoin de temps.

— Très bien, seigneur, et pour les autres ?

— Tue les trois autres et nettoie les humains avant de partir.

Attirées par les bruits de combat, les deux filles débouchent en courant dans la rue principale. Au loin elles aperçoivent une masse volumineuse, ténébreuse, qui se tortille, engloutissant un pavillon à étages presque entièrement.

— Bon sang, les garçons, vite, il faut les aider, lance Lorinn.

Lunile s'agenouille, et se met en boule comme pour emmagasiner un maximum d'énergie. Elle déploie ses grandes ailes bleues et se relève, les mains incandescentes. Derrière les planches de la barricade, le gendarme, les yeux écarquillés, regarde le spectacle. L'ange décolle alors du sol pour s'élever au-dessus du démon. Deux rayons solaires éblouissants jaillissent de ses mains pour venir frapper la bête. Celle-ci se détache alors de la bâtisse et chute lourdement sur le bitume. Dans un soubresaut elle finit par écraser complètement la maison qui s'effondre en un tas de gravats et de planches. Lunile virevolte entre les tentacules géants qui essaient de la saisir. Elle brandit alors une longue lame, et tranche d'un coup plusieurs d'entres eux. Gravement blessé, le démon creuse une excavation dans le sol pour y disparaître.

Quelques minutes plus tard, poussant un amas de débris, les deux garçons s'extirpent de la maison. Corentin tient dans ses bras une gamine d'à peine huit ans, recroquevillée et visiblement traumatisée.

— Ouf, vous arrivez à temps ! dit-il. J'ai trouvé cette fille cachée dans la maison.

Lunile approche lentement et appose la paume de ses mains sur le ventre et le front de la jeune humaine.

— N'aie pas peur. Tu es sauvée. Tu ne risques plus rien, maintenant, lui dit-elle.

Une légère vapeur bleutée recouvre la petite fille qui retrouve ses esprits.

— Où sont tes parents ? demande Lunile.

— Je… ils sont avec le monsieur aux yeux jaunes, au

manoir de madame Blum, bredouille, toute tremblante, l'enfant.

— Tu peux nous y conduire ?

— Oui, je crois…

Le gendarme s'accroupit, pour se cacher, au passage de la troupe d'anges, puis s'assoit par terre, hébété.

Un peu à l'écart du centre-ville, dans la lisière du bois, se tient une magnifique maison de type manoir du XVIIe. Le jardin est lugubre. Les arbres semblent vouloir agripper avec leurs branches la petite équipe céleste. Les oiseaux de nuit poussent leurs cris inquiétants. Le chemin pavé conduit à une grande porte surplombée d'une gargouille au regard bienveillant.

Pendant ce temps, au village, la trentaine d'âmes encore vivantes assiste, impuissante, à l'œuvre du démon nettoyeur. Le spectre fantomatique glisse au-dessus du sol pour aspirer la vie de chaque être se croyant à l'abri derrière les murs de la poste. Un à un les corps tombent au sol, vidés de leur essence vitale. La tête du gendarme rebondit sur le carrelage après sa chute, les yeux vides de toute expression. La fumée spectrale émane encore de sa bouche entrouverte.

— Il y a sûrement des démons dans ce manoir, dit Corentin.

— Passe devant alors, ajoute Lunile.

Sans se départir de son sang-froid, il remet à Lorinn la main de l'enfant qu'il tenait, et s'avance vers la porte pour l'ouvrir. Celle-ci s'ouvre largement sur une grande entrée donnant sur deux portes de part et d'autre d'un grand escalier.

— Restez là avec la gamine, vous deux, dit Lunile en s'adressant à Lorinn et Malib. J'accompagne Corentin.

Après avoir visité les étages, les deux anges descendent vers la cave qui semble être le dernier endroit à fouiller. La première partie abrite de nombreuses bouteilles de vin aux nectars très anciens. Un couloir mène à une salle probablement aménagée pour y accomplir des rituels. On retrouve bougies et pentacles dans la pièce décorée. Dans une alcôve, deux yeux rouges sont tapis dans l'ombre. A l'approche des anges, l'homme sort de sa cachette.

— Je vous attendais, dit une voix sifflante. Tu as bien récupéré de notre dernière rencontre à Paris, petit ange.

D'un geste de la main, il fait tomber sa capuche en arrière, découvrant une tête bien plus vieille que ne le pourrait être celle d'un être humain. Deux mains griffues émergent de ses manches. Ses yeux noirs mangent une bonne partie de son visage.

— Te revoilà, créature du mal. Tu es le dirigeant de la secte Adoum, n'est-ce pas ? lance Lunile.

— Tu es perspicace, répond la créature, mais ta découverte ne sauvera pas tes amis. D'ailleurs, les deux d'en haut sont déjà morts, et ton ami ici va les rejoindre.

— Qu'as-tu fait des habitants de ce village ? demande-t-elle.

— Ils ont volontairement rallié notre maître pour accomplir un dessein qui te dépasse, petit ange. Mais trêve de bavardages ! Tu poses trop de questions et j'ai encore beaucoup de travail.

Il jette alors ses mains griffues vers les deux êtres célestes pour les frapper d'un rayon noir. L'attaque est si rapide que les deux anges ne peuvent l'esquiver. Touchés en plein front, ils se retrouvent pétrifiés. Il s'approche ensuite d'un mur sur lequel il trace un cercle qui creuse un sillon sanglant dans la paroi. Le cercle se transforme petit à petit en un portail de sang frémissant.

— Ils en mettent du temps, dit Lorinn à son voisin.

La petite fille la regarde dans les yeux. Elle étreint sa main un peu plus fort puis s'écroule sur le sol. Le spectre nettoyeur sort de sa bouche.

Les deux anges s'écartent violemment de la « chose » qui vient d'apparaître. Malib est alors projeté contre un arbre tandis que Lorinn s'effondre à genoux.

— Que m'arrive-t-il ? Malib ? Aide-moi !

— Lorinn, NOOOON ! hurle le garçon.

Le spectre vient de la frapper, et le corps de l'ange devient transparent. Malib se jette sur le fantôme, mais celui-ci disparaît pour réapparaître dans son dos, et le soulever du sol, en l'étranglant et en aspirant son énergie céleste. La jeune femme se redresse tant bien que mal, mais se sent très faible. Devant ses yeux, son ami se désagrège doucement et le spectre savoure son repas. Elle déploie alors ses ailes, et frappe de ses mains pourvues d'énergies la créature qui semble ne ressentir aucune gêne.

— Pars…fuis…, souffle le garçon dans les affres de l'agonie.

— Mais tu vas le lâcher ! hurle alors Lorinn, en mitraillant le monstre de puissants jets électriques qui le fouaillent en profondeur. Plus celui-ci s'acharne, plus la rage de l'ange redouble. Elle finit par libérer une telle énergie qu'un cratère flamboyant s'ouvre sous les pieds de la créature qui finit par exploser en pluie fine et soufrée…

Dans les sous-sols du manoir, le maléfique gourou de

l'Adoum s'apprête à quitter les lieux.

— Voici mon petit cadeau de départ, lance le vieil homme en pointant son doigt vers le pauvre Corentin pétrifié.

Un fin rayon noir vient frapper le front de l'ange qui commence à se fissurer. Une lumière s'échappe des multiples brèches de la statue sous les yeux impuissants de Lunile. De toutes ses forces, elle se concentre pour conjurer le sort qui la paralyse, mais rien n'y fait. Le vieil homme s'engage dans le portail sanglant qui frémit toujours contre le mur. Il finit par y disparaître... Au bout de quelques secondes, tout le corps de Corentin vole en éclats pour laisser échapper une fumée blanche. La scène insoutenable décuple la rage de Lunile. Une forte aura bleue entoure maintenant son corps, et ses mains commencent à se libérer de l'emprise qu'elle subit. Elle finit par rompre le charme infernal, et dans la folie qui la gagne, elle se jette dans le portail qui se rétrécit lentement.

Après avoir retrouvé quelque peu leurs esprits les deux anges, ayant difficilement terrassé le spectre, pénètrent dans le manoir pour rejoindre rapidement leurs deux amis. Ils finissent par trouver le lieu de culte. De nombreux documents achèvent de se consumer, et plusieurs inscriptions démoniaques ont été à moitié effacées dans la hâte. Aucune trace de Lunile et de Corentin... Lorinn assemble diverses pièces éparses afin de mettre en évidence un indice. Malib la regarde, perplexe.

— Où sont-ils passés ? demande-t-il.

— Je ne sais pas, répond-elle tout en réfléchissant. Mais je sais où est partie la secte. Il semble qu'elle prépare l'arrivée de quelqu'un d'important et de très puissant. Quelqu'un qui ne peut pas venir de l'enfer pour l'instant. Ces coordonnées GPS indiquent un réceptacle majeur pour regagner le royaume céleste. La secte l'a découvert.

— Mais ils ne peuvent pas s'en servir ! s'exclame Malib

— Non, bien-sûr. Ni les humains, ni les démons ne peuvent les emprunter, répond-elle avec assurance.

— Alors que vont-ils faire ? demande le garçon.

— Je n'en ai aucune idée. Nous devons prévenir le royaume et nous rendre rapidement là-bas. Lunile y est peut-être.

— Où est-ce ?

— En Écosse, au nord de l'Écosse, dans les Highlands.

CHAPITRE 5
NOUVEL ORDRE

Dans le large tronc de l'arbre de vie apparaissent soudain plusieurs centaines de points lumineux. C'est l'armée de Mickaël qui se déploie vers la maison de Daniel. Un petit groupe de gardes postés discute paisiblement sans se douter de l'invasion imminente. Toutes ailes déployées, les guerriers de l'archange Mickaël virevoltent dans l'espace caverneux. Sans avoir pu donner l'alerte les gardiens sont maîtrisés au sol, et solidement ligotés par un lien luminescent. Quelques combats éclatent ici et là, mais rapidement des colonnes de prisonniers se forment. Malgré les recommandations du Général, certains ne purent s'en sortir indemnes. De petits foyers de fumée parsèment la grande salle de l'archange Daniel. Ce dernier s'est retranché avec sa garde personnelle, tandis qu'un groupe d'anges négociateurs tente de le faire sortir.

Pendant ce temps, dans la maison d'Uriel, au dernier étage de la tour des anciens, le conseil est soudain interrompu par un messager.

— Pardonne-moi, Uriel, Archange de lumière, de déranger votre conseil mais je suis porteur d'un message de la plus haute importance.

— Parle ! ordonne ce dernier.

— Mickaël a lancé un assaut de grande envergure contre la maison de Daniel, il y a une heure. Il semble qu'il n'y ait quasiment plus de résistance. On déplore quelques anges anéantis lors des combats.

Tout le conseil baisse la tête en signe de souffrance.

— Il a osé ! fulmine l'archange en se redressant. Certes, nous ne sommes pas des guerriers, mais nous lui demanderons des comptes, même s'il faut en passer par la force. Valnur, réunis tous les anges disponibles et emmène-les à l'arbre de vie. Agraal et Tolryn, rapatriez les anges en mission de toute urgence.

La nouvelle à peine est-elle proclamée que des explosions se font entendre à l'extérieur de la forteresse de marbre.

— Mickaël est déjà là, indique Nérim.

Uriel s'approche d'une fenêtre. Des milliers d'anges sont en mouvement sur le parvis. Rapidement le déséquilibre se crée en faveur des anges guerriers. Quelques-uns résistent à leur détriment. Une forte déflagration abat la lourde porte d'entrée. Une avant-garde se heurte à l'ange Valnur et à son petit groupe aguerri. Les éclairs fusent, calcinant les parois du hall d'entrée. Le spectacle révèle à quel point les anges ne savent pas réagir à l'attaque de leurs frères, totalement désemparés par la violence et la rapidité des actions qui se déroulent.

Dans la maison de Daniel, les combats se poursuivent. Bon nombre d'anges ont rendu les armes. Assaut après assaut, le Général Anton enfonce les défenses de l'ancestrale maison gardienne du royaume céleste. Des hordes d'êtres ailés croisent le métal luisant de leurs armes. Certains déchaînent des rayons de lumière qui viennent désintégrer des élus en plein vol. Blessé, épuisé, l'Archange Daniel s'agenouille devant les puissants guerriers qui présentent des rangs plus clairsemés qu'à l'arrivée.

Anton s'avance en traînant sa longue épée derrière lui.

— Daniel ! Tu es vaincu. Un mot de toi et nous cessons ce carnage.

L'archange lève les yeux vers le Général. Un puissant souffle d'air se fait sentir. Les rangs s'écartent pour laisser passer Mickaël dans toute sa majesté. Au côté d'Anton, qu'il surplombe d'un bon mètre, il toise son Frère à terre.

— Mon frère ! Je te demande instamment de te soumettre à mon pouvoir. Je te demande sur le champ de rejoindre mes rangs pour rebâtir un ordre nouveau selon les principes du Patron.

— Parce que le Patron t'a parlé, peut-être ? lance Daniel, un sourire en coin.
« Un ordre nouveau selon tes principes, voilà ce que tu veux. Le patron nous a abandonnés depuis mille ans. C'est cela qui a porté atteinte à ton sens de l'harmonie. Tu te prends pour Dieu, mais tu n'es que son bras armé, un bras armé sans ordres depuis des siècles. Et c'est pour cela que tu t'es voué au chaos. Jamais je ne me soumettrai à celui qui va conduire l'humanité à sa perte.

— Comment oses-tu me faire porter la responsabilité de nos échecs passés ? s'écrie Mickaël. Tu avais, toi aussi les clés pour anéantir la bête, et tu ne l'as pas fait. Je ne reproduirai pas ces erreurs, et puisque tu l'as décidé ainsi je me passerai de toi, mon frère.

L'archange lève alors son glaive.

— Général ! Tue-le.

— Mais….nous ne pouvons pas faire cela, répond Anton, en plein désarroi.

—Je te dis de l'anéantir…MAINTENANT !

L'air abattu, le chef de l'armée concentre toute sa puissance dans une boule de lumière qu'il projette sur l'Ancien, les yeux fixés sur lui, toujours un genou à terre. Le rayon traverse tout le corps du gardien et finit sa course dans une gigantesque explosion. L'archange glisse le long de la paroi qu'il a percutée, inerte. Des fragments lumineux se détachent de son corps pour s'élever vers le plafond. Alors, d'un bond, Anton se jette sur le grand gardien et, dans un dernier geste, en fermant les yeux, il transperce la poitrine de l'ancestrale créature.

Les derniers anges de Daniel se regroupent, l'air soumis.

— Il n'y a qu'une parole, celle de Dieu, lance Mickaël. Je suis la parole de Dieu et vous vous battrez pour moi.

— C'est fini, soupire Uriel dans la tour du conseil, en s'adressant à ses anges instructeurs. Daniel est vaincu. Nous ne résisterons pas, et je ne veux pas plus de morts dans nos rangs. Agraal, fais savoir à Mickaël que nous acceptons ses conditions. Nérim, prends un groupe d'anges avec toi, les mieux préparés, et pars sur la Terre. Disparais quelque temps.

Des colonnes d'anges hébétés serpentent sur la grande place de la maison de Daniel, en direction de l'arbre de vie.
Les vainqueurs préparent déjà leur retour et discutent de l'après. Brann rejoint son général après avoir donné quelques ordres.

— Anton ? Comment a-t-on pu en arriver là ? dit-il.
Le guerrier ne répond pas, puis le regarde en marchant.

— Je ne me sens pas forcément bien. Je viens de détruire le gardien du royaume céleste, finit-il par dire du bout des lèvres.

— Que va-t-il se passer maintenant ? ajoute le bras droit.

— L'ordre va être rétabli rapidement, et nous allons consolider le royaume.

— Et pour les activités maléfiques que nous avons décelées ?

— Maintenant que Mickaël a les mains libres, la bête ne peut plus rien contre nous. Et je te rappelle qu'elle est tapie dans sa prison, trop faible pour s'en échapper.

— En es-tu sûr, général ?

— Je fais confiance à notre archange, et tu devrais faire de même.

L'air froid souffle en rafales dans la montagne écossaise. Cerné de pics rocheux, le grand plateau dépourvu de végétation accueille un spectacle d'apocalypse. Les nuages tournoient dans le ciel mitraillé par de grands éclairs violets. Au cœur de cette désolation une trentaine d'hommes, en toge sombre, encapuchonnés, se tiennent formant un vaste cercle. En son centre, un pentacle de trente mètres de diamètre pulse une lumière malfaisante. Les vêtements volent au rythme des bourrasques de vent. Non loin du lieu, se matérialise le petit portail de sang, d'où s'extirpe le seigneur démoniaque au regard rouge luisant. Un autre membre s'approche à son arrivée.

— Seigneur Malphus. Tout est prêt. Les formules incantatoires ont été vérifiées. Le réceptacle de lumière, qui était présent ici, a pu être ouvert pour créer un passage vers leur royaume, comme nous l'a indiqué la Néphilim.

— Bien. J'en informe tout de suite le maître. D'ici deux petites heures, notre armée pourra emprunter le passage, conclut-il d'une voix rauque.

— Et pour le groupe d'anges sur nos traces, seigneur ?

— Ce n'est plus un problème. Quant à la fille, elle ne va pas aimer ce qu'elle va trouver, lâche-t-il avec un rictus démoniaque.

L'interlocuteur du démon fait alors résonner un rire de satisfaction.
Au royaume céleste, le calme revient doucement, et dans la maison d'Uriel les sages se concertent.

— Notre Archange a-t-il pris une décision ? demande Tolryn.

— Les trois restants doivent se retrouver pour discuter de la suite, lance Agraal. Ils doivent se réunir en terrain neutre, chez Gabriel.

— La maison de Gabriel ne constitue pas un terrain neutre, répond Tolryn.

— il n'y a plus de terrain neutre, intervient Nérim, ni d'entente.

Dans la plus grande maison suspendue, Gabriel se retrouve face à Uriel et Mickaël. Ce dernier affiche un air de satisfaction.

— Mon frère, tu as pris la bonne décision, dit l'archange guerrier en s'adressant à Uriel. Ainsi les pertes sont minimes, et la raison l'a emporté.

— La mort de Daniel était-elle nécessaire ? demande l'archange de lumière.

— C'est un mal pour un bien, rétorque le chef.

— Tu ne m'empêcheras pas de penser que tu as grandement fragilisé notre royaume en agissant de la sorte, et qu'il faudra du temps pour nous reconstruire. Or, ce temps, nous ne l'avons pas. Tu sais très bien que l'humanité est en danger. Nous nous devions d'intervenir ensemble pour découvrir ce que trame la Bête, ajoute Uriel.

— N'aie crainte, précise Mickaël, nous trouverons ce qu'il prépare et nous l'arrêterons. Les hommes sont sous ma protection et, par Dieu, ils le resteront.

Après s'être jetée, la rage au ventre, dans le portail qui se refermait, Lunile traverse avec une souffrance inouïe un tunnel qui semble la conduire nulle part. Projetée violemment par la bouche de sortie, elle finit par terre sur un sol meuble parsemé de petits bouts de charbons incandescents. Des milliers de cris et de voix plaintives résonnent dans sa tête. Les murs caverneux qui l'entourent ruissellent sans cesse. Dans cette eau, il lui semble discerner des visages qui se convulsent de douleur.

— Mais où suis-je ?

CHAPITRE 6
VISITE EN ENFER

Elle se relève, reprenant ses esprits… Elle se rend compte alors qu'elle a retrouvé sa forme originelle. Il lui est impossible de rentrer ses ailes. Elle se contente de les replier. De son corps n'émane aucune lumière céleste. Ses pensées sont figées sur le visage de Corentin, son ami. Elle serre les poings, la douleur au ventre. Des larmes lui coulent sur les joues. Elle s'engage dans le couloir béant devant elle. Au bout d'une centaine de mètres, frissonnant sous le regard des nuées d'âmes qui la fixent, elle débouche dans une salle que traverse une petite rivière de feu. Deux chétives créatures à la peau noire, exhibant de grandes oreilles pointues et des ailes de chauve-souris, sont assises côte-à-côte, les pieds dans la lave. Elles tournent la tête lentement à l'arrivée de l'ange et se mettent à pousser un cri strident.

La première bondit sans crier gare sur Lunile qui esquive l'assaut en faisant une roulade au sol. La deuxième lance aussi son attaque, mais avant d'atteindre la jeune fille celle-ci la désintègre d'un flash produit par ses mains. Surprise, l'autre créature prend la fuite en hurlant.

Lunile se met à la poursuivre, mais le diablotin saute dans le petit torrent de lave et disparaît.

L'ange sent bien que ce lieu ne lui est pas du tout familier. L'atmosphère est oppressante et empeste le souffre. La chaleur est torride et l'ambiance démoniaque. Se peut-il qu'elle soit arrivée en enfer par erreur ? Une chose est sûre, elle doit sortir d'ici au plus vite avant d'avoir toute une armée de démons à ses trousses.

Avec des ruses de sioux elle se faufile dans les galeries. Elle entend des cris de créatures qui retentissent à intervalles réguliers. Bientôt elle débouche dans une salle rectangulaire et glauque où sont alignées, de part et d'autre, des cellules aux portes d'un métal étrange, sur lequel ondoie un substance grise. Il fait noir, cependant elle y distingue des êtres vivants emprisonnés. Elle s'approche doucement de l'une d'elles.

— Qui es-tu ? demande-t-elle à la « chose » recroquevillée au fond de sa prison.

L'être humanoïde tourne lentement la tête. Son visage est pâle, ses cheveux cendreux, et ses yeux sont deux boules noires sans pupilles.

— Je suis Dan, murmure lentement l'âme. Je suis enfermé ici depuis longtemps. J'ai tué beaucoup de mes semblables de mon vivant, et je croyais avoir trouvé le salut quand ces flics m'ont descendu. Seulement, à mon réveil, un individu m'a dit : «

Bienvenu en Enfer, Dan ! » Et il s'est mis à rire, découvrant sa rangée de dents pointues et tranchantes. Il ne m'a pas fallu deux secondes pour comprendre. Chaque jour, ses sbires viennent m'aspirer un bout de mon âme, et.......tu ne t'imagines même pas quelle souffrance je ressens à chaque ponction. Je me reconstitue un peu, et ça recommence... chaque jour... depuis tellement longtemps. Les souffrances de Prométhée, à côté, c'est de la gnognotte !

— Ce n'est pas rassurant ce que tu me racontes là ! ironise-t-elle, mais on dirait que tu l'as bien cherché.

— Peut-être que oui, mais toi aussi tu es là ! L'âme en peine se met à rire.

— Je ne compte pas y passer toutes mes vacances. Dis-moi plutôt si tu connais la sortie, reprend-elle.

— Il n'y a pas de sortie. C'est un aller simple, ma pauvre fille.

— Misérable ! je te souhaite une bonne ponction. Salut !

L'âme se met à vociférer des insultes.
Elle poursuit son exploration des cellules. De nombreuses autres âmes enfermées se jettent contre les barreaux qui semblent les repousser naturellement vers le fond. Les galeries n'en finissent plus, et les salles se succèdent, présentant chacune son lot de sacrifiés. Âmes grignotées, êtres écorchés vifs, puits de lave, et autres espaces confinés où la torture

semble être le passe-temps favori du maître des lieux. S'enfonçant davantage, Lunile est surprise par l'absence de démons. Elle arrive dans une vaste salle circulaire d'au moins cinquante mètres de hauteur, et de cent mètres de diamètre. En son centre un gouffre encercle une plate-forme rocheuse, sur laquelle est enchaîné un ange aux ailes meurtries. Criblé de blessures, il semble inconscient.

Lunile s'approche à pas de loup, après avoir vérifié l'absence de gardiens. Une petite passerelle de pierre permet de franchir le ravin pour atteindre le prisonnier. L'ange est de grande taille et dépasse largement la jeune fille bien qu'il soit assis sur ses jambes, suspendu par les deux poignets. Elle est maintenant à portée de main. Un pentacle animé de symboles semble rendre la créature céleste inoffensive. Son corps musclé est couvert de plaies. Ses grandes ailes sont maculées de sang ; sur elles jouent parfois des reflets bleutés. Elle tend la main pour l'effleurer du bout des doigts, dans l'espoir de l'éveiller, mais l'ange ne ressent rien. Sa longue chevelure noire est rabattue sur son visage.

— Es-tu encore en vie ? murmure-t-elle doucement, sans pénétrer dans le pentacle, mais en approchant ses lèvres suffisamment.

Une bonne minute s'écoule.

— Nous devons sortir d'ici et retrouver mes amis, dit-elle à nouveau. L'ange ne réagit pas.

Soudain, elle perçoit un infime gémissement. Il relève

la tête lentement. Elle lui écarte les cheveux pour dégager son visage.

— Tu… es… Lunile ? N'est-ce pas ? souffle-t-il avec difficulté.
— Oui. Et toi qui es-tu ? lui demande-t-elle, un peu étonnée.

— Je suis Allur, l'archange des rêves.

— Nous devons te sortir de là, reprend-elle, en réfléchissant au moyen de désactiver le pentacle. Comment es-tu arrivé là ? Pourquoi n'avons-nous pas connaissance de ton existence ?

— C'est une longue histoire, mon petit ange.

En produisant d'intenses petits arcs électriques, Lunile attaque les chaînes qui emprisonnent les poignets de l'archange. La première cède.

— Tiens, tiens, tiens… lance une voix caverneuse à l'entrée de la pièce. Je vois que la famille est au grand complet. L'homme en toge noire dévoile ses mains griffues en retirant sa capuche. Ses yeux rougissent en approchant des anges. C'est vraiment gentil de nous rendre visite, ma belle, mais tu tombes plutôt mal. Le maître a dû s'absenter pour se rendre à une grande fête.

— Malphus, répugnant cerbère, lance l'archange.
Le démon lève les mains.

— Trêve de mots doux. Je t'en prie jeune fille, laisse-

moi t'aider à libérer ce malheureux. Les liens restants se brisent en un instant, et le pentacle disparaît. Vos retrouvailles ont été courtes, et j'imagine que vous n'avez pas eu le temps de discuter. Il y a tellement de choses à se dire entre un père et sa fille.
Lunile écarquille les yeux.

— C'est donc toi, mon père ! s'exclame la jeune fille. Mais le démon interrompt aussitôt ses effusions.

— Ce moment d'amour émeut vraiment mon cœur desséché, ricane le seigneur maléfique. La famille, c'est sacré, et vous êtes une grande famille, n'est-ce pas Allur ? Tu ne lui as pas encore dit comment tu es arrivé ici, offert en pâture par ton propre frère, le grand Mickaël.

L'archange se dresse lentement en reprenant des forces, sans dire mot.

« Eh oui, ton père a bafoué le code des anges, reprend le démon. S'enticher d'une humaine, c'est interdit, et en plus oser lui faire un enfant ! Personne ne pensait cela possible au beau royaume. Alors le grand chef l'a banni. Tu aurais pu devenir tellement puissant à nos côtés. Tu as préféré souffrir, mon pauvre Allur. Maintenant, tu vas disparaître.

En concentrant ses ultimes forces, l'archange prend son envol au-dessus du ravin, et projette toute son énergie sur la créature dans une explosion aveuglante qui projette Lunile contre une paroi. Des morceaux de pierre volent dans toute la salle, puis la fumée se dissipe. La jeune fille reprend ses esprits tandis que le démon, dépourvu de sa toge calcinée, déploie deux immenses ailes de chauve-souris. Les deux êtres surnaturels s'engagent dans un combat extrêmement violent. Le seigneur Malphus prend rapidement l'avantage. Sa force et ses pouvoirs, octroyés par Lucifer, dépassent largement le peu de résistance qui subsiste dans le corps meurtri de l'archange.

Toutes ailes dehors, d'un bleu et blanc mêlés, Lunile se relève. Elle serre les poings avec un degré de rage jamais atteint. Tout le plafond de la caverne se fissure et le sol se creuse sous ses pieds. Une ultime attaque laisse le corps d'Allur rebondir sur le sol tandis que Lunile s'élève doucement dans les airs, les yeux fermés. A peine éprouvé, le démon se retourne vers elle.

— Maintenant que nous savons ce que nous voulons, le maître ne verra pas d'inconvénient à ce que j'achève ici ta misérable existence.

— Fais ce que tu as à faire et je ferai de même, lance l'ange.

Le démon fond, toutes griffes dehors, sur sa proie, mais vient se heurter sur un disque qui vient d'apparaître entre elle et lui. Elle ouvre alors grand les yeux qui laissent échapper une lumière aveuglante. La peau du démon se met à cloquer sous le rayonnement. Cependant celui-ci parvient à pulvériser d'un coup de poing le disque protecteur, et vient frapper la jeune fille de toutes ses forces. Toujours à terre, l'archange peine à se relever. Impuissant, il assiste au combat de titans qui s'engage. Lunile trouve en elle des forces qu'elle ne soupçonnait pas. Mettant à profit ses enseignements, elle découvre que sa puissance va bien au-delà de ce qu'elle soupçonnait. Les guerriers de la maison de Mickaël n'auraient, étonnamment, rien à lui apprendre. Malgré cette force incroyable, elle sent que l'ennemi est plus résistant que tous les démons qu'elle a pu rencontrer jusqu'ici ; et bientôt les attaques commencent à la blesser.

Allur réunit ses dernières forces pour se jeter sur la créature. Alliant ses pouvoirs à ceux de sa fille, dans un cyclone d'énergie, ils arrivent à renverser inespérément la situation, et à mettre fin à la vie du seigneur malfaisant.

La pièce retrouve son calme. Lunile atterrit auprès du corps de l'archange à bout de forces.

— Nous devons sortir d'ici, Allur. Connais-tu le chemin ? demande-t-elle, le visage souillé, maculé.

— Je n'irai plus nulle part et, de plus, il n'y a pas de sortie. Ceux qui entrent n'en sortent jamais, dit l'archange, d'une voix presque inaudible.

— Je vais revenir te chercher. En attendant, prends ce médaillon et conserve-le autour du cou, il te protègera. Il appartient à maman.

— Ta mère est ici, souffle l'archange mourant. Trouve-la.

Allur contemple Lunile. La fierté et l'amour se lisent dans ses yeux. Celle-ci lui tient la main un instant, puis disparaît par la seule issue du lieu.

Après avoir traversé de nombreuses salles de torture uniquement occupées par de pauvres âmes, Lunille tombe sur un groupe de petits démons de couleur marron, au ventre blanc, avec de petites ailes et de grandes oreilles. Le plafond supporte des chaînes qui retiennent des cages suspendues. L'une d'elles attire son attention.

Une femme est roulée en boule, portant une simple chemise de nuit. Lunile contourne les gardiens qui discutent entre eux pour s'approcher en tapinois. Cette femme n'est pas une pauvre âme comme les autres. Elle glisse sa main entre les barreaux pour la réveiller en douceur.

La femme tourne la tête d'un air épuisé. Lunile s'écrie : « MAMAN ! »

Les petits démons s'arrêtent de parler et assaillent l'ange ébahi.

— LUNILE ! crie la femme dans la cage.

Les créatures se déplacent par petits bonds, puis par téléportation disparaissant et apparaissant aléatoirement.

D'une simple concentration le cou de l'un d'eux finit dans la main de l'ange qui achève de lui tordre. Un second se retrouve embroché par une longue lame. Les deux autres s'enfuient en couinant. La femme s'est relevée dans sa cage. Ses yeux rayonnent de bonheur sur son visage portant des stigmates de torture.

— Maman ! Tu peux me voir ? Tu me reconnais ?

— Bien sûr ma fille, répond la femme sans avoir l'air d'être surprise. C'est merveilleux.

— Laisse-moi te sortir de cette cage.

D'un coup d'arc électrique, elle fait sauter la serrure et aide sa mère à descendre. Suis-moi. Allons-nous cacher.

— Tu as l'air si forte, à présent. Tu exhales une telle puissance. Je l'ai toujours su, dit sa mère à voix basse.

— J'ai une vie incroyable, maman, et le destin m'a conduit jusqu'à vous deux, ici, dans le repaire du Mal.

— Nous deux ?

— Oui ! Papa est là aussi, détenu depuis longtemps et je l'ai libéré. Je dois revenir le chercher quand j'aurai trouvé la sortie de cet enfer.

— Alors, tu sais tout, ma fille. Qui je suis réellement et qui est ton père.

— J'ai appris beaucoup de choses, je ne sais pas tout de toi, et je ne sais pas pourquoi tu es là.
Sa mère soupire, son visage s'assombrit.

— J'ai pris une très lourde décision qui aura de très graves conséquences. Comme tu le sais, je suis à moitié humaine et à moitié ange. J'ai vécu comme une humaine avec quelques particularités, comme ma longévité ou certains pouvoirs. Ton père et moi nous avons défié le royaume en entretenant une relation, et nous sommes allés jusqu'à créer un réceptacle qui me permettait de le retrouver au Royaume Céleste, en secret. Nous nous sommes aimés plus que tout, puis ton père a été banni. Tu es née humaine, mais ton âme est la clé d'une prophétie.

— Une prophétie ?

— Oui, une prophétie. Lucifer en a découvert une partie, et il s'est employé à te détruire pour éviter qu'elle ne se réalise. Quand il m'a capturée, j'ai résisté à ses pouvoirs autant que je le pouvais, mais il a fallu que je trouve une issue. Alors, pour détourner son attention de toi et de cette prophétie, je lui ai donné une chose qu'il voulait plus que tout.

— Maman, qu'as-tu fait ?

— Il fallait que tu vives et qu'il arrête de vouloir te détruire. Les larmes coulent sur ses joues émaciées.

— Maman, dis-moi ce que tu lui as donné ?

— Je lui ai donné… le Royaume Céleste… je lui ai donné ma clé. Celle que ton père avait créée pour me permettre de monter.

— C'est IMPOSSIBLE ! Ils ne peuvent pas entrer dans le royaume.

— Si… si ma fille, par ce passage, par cette faille. Je suis tellement désolée, mais il fallait que je te protège. Lunile baisse la tête en fermant les yeux. Les images de ses amis, des anges, de Nérim défilent dans son esprit.

— Que va-t-il se passer, maintenant ? demande-t-elle en ouvrant les yeux.

— Une gigantesque armée infernale va s'abattre sur le Royaume Céleste. J'ai bon espoir que Daniel et son premier rempart contiennent en partie l'attaque, mais tu es la meilleure garantie de la bonne issue de cette bataille.

— QUOI ! Comment ça ! On est bloquées ici. Il n'y a plus un démon qui traîne en enfer, et je suis la garantie !

—Si l'on en croit la prophétie, tu es l'ange réunificateur. Celle qui va réconcilier les Maisons. Celle qui va unir le peuple céleste pour que sa force retrouve sa grandeur de jadis. Cette force qui terrassa l'armée de Satan, il y a mille ans, sur le plateau de Constantinople.

— Maman ? Comment sortons-nous d'ici ?

— Je ne sais pas, répond-elle en baissant ses yeux mouillés.

— Calme-toi, je suis sûre que l'on va trouver une sortie. Parle-moi de toi.

— Je suis née comme toi, de l'union d'un ange et d'un humain, il y bien longtemps. Issus d'une longue lignée d'amours consentis entre créatures célestes et l'Homme, nous vivons en secret depuis des siècles. Ma mère, l'ange Néra, a rencontré mon père, un peu avant le grand cataclysme. Cette guerre qui a permis d'emprisonner la Bête. Le mélange entre le céleste et l'humanité a créé notre existence hybride. Nous sommes les néphilims. Nous sommes dotés de certains pouvoirs provenant de l'essence divine, comme l'empathie avec les animaux, la télépathie, ou l'extrême longévité. En ce qui concerne tes dons, cette union entre ton père et moi y est sûrement pour quelque chose. Mais je pense, qu'au-delà de ce que je t'explique, ton âme porte une empreinte particulière.

— Que veux-tu dire par marque particulière ?

— Ton âme a fait l'objet d'un traitement singulier dans l'arbre de vie, je ne vois que cela, et Dieu seul connaît le fin mot de l'histoire.

— Il faut sortir d'ici avant le retour de la Bête.

CHAPITRE 7
LE COUP D'ÉTAT

Lentement les blessures se pansent, et l'ordre nouveau établi dans la douleur se met en place. L'archange Mickaël a regagné sa maison. Entouré de ses plus fidèles guerriers, épaulé par son général, il prépare l'avenir en siégeant autour de la grande table de fer du conseil des anciens.

Un des lieutenants prend la parole :

— Tout-puissant. Les pertes de nos frères sont éminemment regrettables, mais ne sont pas excessives. La maison de Daniel compte le plus de disparitions. Il faudra quelques mois pour reconstituer les troupes. L'archange Uriel reste encore méfiant à notre égard, et Gabriel n'a pas bien supporté la mort de l'archange notre frère.

— Je veux que nous laissions des troupes dans chaque maison le temps que les esprits s'apaisent, gronde Mickaël. Concernant la Bête, sait-on maintenant ce qu'elle projette sur Terre ? Dispose-t-on de suffisamment d'éléments pour la neutraliser ?

— Nous devons recouper nos informations avec Uriel, mais nous sommes en mesure de l'arrêter. Je prendrai nos meilleurs anges, et je partirai pour la Terre sur ton ordre, lance le général Anton.

— Bien, reprend l'archange. Dans ce cas, tu peux y aller, mais auparavant je veux que tu me détailles toutes les informations que nous avons collectées. Je tiens à comprendre exactement ce que Lucifer ourdit contre l'humanité.

L'un des lieutenants déroule un écran holographique, d'un geste simple de la main, sur un signe du général.

— Alors voilà, reprend Anton, la bête n'a pas assez repris de forces pour ouvrir une brèche permettant son accès à la Terre. Il compte utiliser l'humanité contre elle-même.

« Depuis des mois il infiltre les couches de la société française au moyen de la secte Adoum. Ce groupuscule est né peu après la grande bataille, aux alentours de l'an mille. Elle est restée en sommeil presque neuf cents ans. Elle a développé une forte activité récemment en recrutant massivement. Quelques-uns de leurs membres sont d'essence surnaturelle et démoniaque. Suivant un plan diabolique, ils ont commencé à se substituer à certaines figures de grande importance stratégique dans le paysage français. Ce pays n'a pas été choisi par hasard. Il est puissant et capable de déstabiliser le monde. Nous pensons que la bête veut utiliser la France pour faire basculer le monde dans une guerre si dévastatrice qu'elle génèrerait un chaos suffisant pour lui restituer sa force originelle.

— Cela me paraît crédible, commente l'archange ; difficile certes, mais dans l'ordre du possible.

— Par le moyen de ce qui aurait toutes les apparences d'un coup d'État, la secte prendrait le contrôle du pays. Nous pouvons contrecarrer cette action, et faire échouer ce plan. Nous interviendrons à Paris, là où se prépare l'acte final, conclut le général.

— Tiens-moi informé de votre progression, finit par dire l'archange.

Anton se retrouve dehors, flanqué de son bras droit.

— Réunis la XXIème, je veux les meilleurs anges sur cette mission, ordonne le général d'un ton sec à son lieutenant.

— Bien, Général, nous serons prêts à partir d'ici une heure ou deux.

— Je veux les voir en salle de voyage tout de suite. Ils finaliseront leur paquetage plus tard.

— Très bien.

XXI est une section d'élite regroupant les anges les plus puissants du royaume. La plupart font partie de la garde rapprochée de l'archange. Devant la grande sphère, au cœur de la salle, la troupe d'élite est rapidement rassemblée. Anton s'avance pour les passer en revue. Les anges de Mickaël sont plutôt d'un physique robuste, et ils privilégient toutes sortes d'armes humaines améliorées par l'essence céleste. On constate, suivant les préférences, une dominante d'armes à feu, pistolets lourds et autres fusils à pompe. Certains ont atteint un tel degré de maîtrise dans le combat qu'ils disposent d'une arme personnalisée, invoquée à chaque amorce d'une bataille. On peut voir des fusils projetant des arcs électriques, des pistolets à balles de feu calcinant, et des épées aux courbes torturées.

— Chers frères, lance le Général d'une voix de stentor, afin d'accomplir la mission que nous a confiée notre archange, j'ai besoin des meilleurs.
Les guerriers brandissent leurs armes en signe de fervente motivation.

« Satan a décidé de frapper l'humanité à nouveau, et nous serons une fois encore le rempart faisant obstacle à cette folie. Je sais pouvoir compter sur vous pour réduire à néant la menace. En route !
Les préparatifs terminés, la troupe des soldats de Dieu s'engage à la chaîne dans la sphère de voyage, après qu'Anton eut tiré le fil de lumière en direction de Paris.

Quelques minutes après, un groupe d'anges de la maison de Daniel arrive également à Paris. A sa tête, Allèle, un proche de l'archange défunt.

— Nous voici à Paris, et nous y resterons tant que ce général de malheur et sa funeste clique existent.

— Ils sont puissants, objecte l'un des anges du petit groupe de rebelles.

— Et nous, déterminés, répond Allèle en serrant le poing. Nous devons savoir si le QG de la capitale est encore actif depuis la mort de Daniel.

Le petit groupe s'engage discrètement dans une ruelle. Chaque grande capitale dispose d'un quartier général par maison qui apporte un soutien logistique aux différentes missions. La maison de Gabriel est implantée Boulevard Maillot, le long du Bois de Boulogne, la Maison d'Uriel dans un grand immeuble du boulevard Saint-Marcel en face du grand hôpital de la Pitié-Salpêtrière, le QG de Mickaël, sur trois étages de la tour Montparnasse, et celui de Daniel, sous le cimetière du Père-Lachaise.

— Les QG ont été vidés au moment de la bataille, reprend un des anges de Daniel, il ne doit plus y avoir âme qui vive au Père-Lachaise !

— Nous allons le réinvestir, dit Allèle. Anton et son équipe sont, soi-disant, sur une mission prioritaire. C'est l'occasion pour nous de déstabiliser Mickaël.

— Tu ne penses pas que la mission soit d'une importance capitale ? Pourtant, il est rare que le Général s'en occupe personnellement, fait observer Marc, un des membres de l'équipe.

— Si tel est le cas, nous aurons un double objectif. En mettant Mickaël sur la touche, nous devrons accomplir la mission à sa place.

Les membres se regardent, dubitatifs.
Précautionneusement la petite équipe s'approche du cimetière, sous lequel se dissimulent les pièces secrètes de la maison protectrice du royaume céleste. Au bout d'une impasse, Allèle s'avance vers un mur recouvert de lierre. Après avoir un jeté un coup à droite et à gauche, il pose ses mains contre la pierre qui prend une couleur bleutée. Le lierre s'écarte, découvrant l'entrée secrète du quartier général. Un escalier sombre descend vers les profondeurs. L'atmosphère est saturée d'humidité. Certaines cavités donnent directement sur des caveaux de familles. Diverses armes traînant un peu partout, et des écrans accrochés aux murs laissant apparaître un trait de lumière horizontal, montrent que les occupants du lieu sont partis précipitamment.
L'ange Marc ramasse une épée par terre, dans la salle de contrôle du QG.

— Nous devons regrouper les renseignements dont nous disposons sur la secte, lance Allèle.

Il manipule divers écrans tactiles, recoupe les informations provenant de la maison d'Uriel, puis il se tourne vers son équipe.

— Nous possédons à peu près le même niveau d'information que le Général Anton, n'est-ce pas ? questionne l'ange Marc.

— Le ministère de la défense est bien infiltré par les démons. Certains hauts gradés ont été remplacés. Je pense qu'Anton va chercher à éliminer ces figures importantes, répond Allèle.

— Alors où va-t-il frapper ? demande Marc.

— Au centre de commandement des armées, à Balard au Sud-ouest de Paris. C'est là que nous allons.

Pendant ce temps, au QG parisien de la maison de Mickaël, dans la grande salle de réunion du 35e étage de la tour Montparnasse, le général s'empresse d'identifier les militaires à éliminer.

— J'en compte douze parmi ceux qui assument les plus hautes responsabilités au centre de commandement de la défense, annonce Anton.

— Comment allons-nous entrer ? s'enquiert le bras droit.

— Nous allons employer la même technique que nos ennemis, répond le général. Nous allons prendre la place de certains gradés.

— Cela veut dire que nous devons séquestrer des humains ? lance Brann.

— En effet, répond Anton du coin des lèvres.

L'imposante construction, récemment achevée, en bordure du XVe arrondissement, est un véritable pentagone à la française. Sécurisé à l'extrême ce bunker abrite l'ensemble des commandements des forces armées. Constamment un flux dense de personnes transite par ses entrées.

— Nous devrons prendre possession d'un appartement à proximité, dit le général. Je veux une mission-éclair, avec deux anges avec moi. Les autres, vous préparez l'accueil des humains que l'on aura enlevés.

Il fait nuit, l'équipe de Mickaël se dirige vers le quartier, et après avoir arpenté les rues adjacentes de l'édifice militaire, s'immobilise face à la porte imposante d'un immeuble d'habitation.

— Ici, lance le Général, nous prendrons cet appartement.

Haut de six étages le bâtiment offre une belle façade d'inspiration baroque. L'un des anges sort son kern.

— Voici les informations que nous avons sur les occupants de ce lieu. Au troisième étage vit un vieil homme seul dans un soixante-dix mètres carrés, il porte le nom de Raphaël Drelot. Pas de famille dans la région. Il a une fille qui vit à Lyon et qui s'appelle Irène. Elle est de passage à Paris.

Anton semble légèrement distrait, les yeux dans le vague.

— Oui, que dis-tu ? Raphaël Drelot ? Bien. Toi, désignant un membre de l'équipe, tu revêtiras l'apparence de sa fille.

— Bien, Général, acquiesce aussitôt l'ange préposé.

L'être céleste ferme les yeux. Les traits de son visage se modifient progressivement jusqu'à prendre l'apparence de la photo affichée en gros plan sur le kern du lieutenant. En un instant, une tenue féminine se matérialise également sur lui. Il réajuste le col de son imperméable beige, resserre sa queue-de-cheval et s'approche de l'interphone. Anton fait signe aux autres de se disperser.
Cet ersatz parfait d'humaine appuie sur l'interphone. La voix d'un vieil homme répond.

— Oui ? Qui est-ce ?

— Papa, c'est moi, Irène. Excuse-moi de te prévenir si tard, je voulais te dire au revoir avant d'aller prendre mon train.

— Euh,...oui, je t'ouvre.

La petite équipe s'introduit dans le hall d'entrée. La lumière s'allume soudain. Une femme fait irruption avec un chien en laisse.

— Mais ! Qui êtes-vous messieurs ?
Anton s'avance.

— Ne vous inquiétez pas madame, nous venons voir monsieur Drelot. Nous sommes avec sa fille.

La femme les regarde avec suspicion.
La porte de l'ascenseur s'ouvre alors et laisse sortir un vieux monsieur voûté, appuyé sur une canne, vêtu

d'une robe de chambre à carreaux.

— Ils sont là pour moi, Jacqueline, lance-t-il. Tous les anges se regardent, l'air surpris. Montez, je vous en prie.

L'intérieur de l'appartement, à la décoration ancienne, est rempli de plusieurs décennies d'objets. Tout le monde s'installe dans le salon.

— Nous n'allons pas vous faire de mal monsieur, dit Anton.

— Je sais, lance le vieil homme avec un regard bleu vif. Je sais qui vous êtes et vous ne savez pas qui je suis.

Les anges se regardent à nouveau, l'air interrogateur.

— J'ai éprouvé comme une impression de terrain connu quand j'ai choisi au hasard votre appartement pour mener notre opération, répond le Général.

— Rien n'est fait par hasard, Général, lance le vieil homme, déstabilisant l'assemblée. Tout est écrit à l'avance dans le grand tout.

— Mais qui êtes-vous, enfin ? demande le lieutenant.

— Je suis Raphaël Drelot ! Je fais sûrement partie des plus vieux humains sur cette Terre.

Au fur et à mesure que les mots s'enchaînent, le bleu de ses yeux s'intensifie.

— Qu'entendez-vous par là, lance Brann.

Anton le coupe.

— Vous êtes l'archange Raphaël. Vous avez choisi de vivre comme un humain, il y a de cela des millénaires. Lorsque Lucifer a été banni du royaume, alors que vous êtes un des fondateurs de l'humanité, vous avez décidé de les rejoindre sur Terre ; et vous saviez que la Bête ne cesserait jamais de les tenter.

— Tu sais beaucoup de choses, Général. Comme je te l'ai dit, rien n'est fait au hasard, et ce soir je t'attendais. Ton ascension a été fulgurante, la confiance que tu inspires n'a pas d'égal. Tous les anges de ton clan te suivraient au bout de l'univers s'il le fallait. Cet ascendant naturel ne t'a jamais préoccupé ? L'archange Mickaël ne t'a-t-il rien dit sur l'essence qui constitue ton âme ?

Tous les regards se fixent sur Anton.

— De quoi parles-tu ? interroge le guerrier.

— Lors de la création des anges, il y avait une âme prédestinée à accomplir un dessein unique. Cette âme ne se serait jamais incarnée jusqu'à aujourd'hui. Elle attendait patiemment son heure dans l'arbre de vie ; et puis ce moment est arrivé. A cette seconde le petit Anton naissait à l'Hôpital de Saint-Ouen dans la banlieue nord de Paris.

— Comment sais-tu tout cela l'ancien ? relance le Général.

— Comme je te l'ai dit, tout est écrit. Je suis celui qui a participé à ces écrits.

— Tu parles de moi comme d'une prophétie, alors que va-t-il se passer ? demande Anton.

— J'ai participé seulement, je n'ai pas tout écrit, et d'ailleurs personne ne sait vraiment ce qui va se passer. Mais si tu es là ce soir, c'est pour apprendre ce que je sais de cette prophétie.

L'archange rapproche ses mains l'une de l'autre et une boule de fumée se crée, englobant un noyau de lumière. A l'intérieur l'image de deux gigantesques armées qui se font face, apparaît.

— Tu ne gagneras pas cette bataille, elle a déjà commencé. Mais tu gagneras la guerre, car tu vaincras la Bête. Tu auras le pouvoir de la vaincre, dit l'archange avec intensité

.

— Quand et comment ? J'ai besoin de savoir, Tout-puissant, lance Anton.

— Quand et comment se rejoignent avec où. Le royaume céleste sera le théâtre de la fin et du renouveau. Mais seule la réunification des maisons te permettra d'accomplir ce destin.

— Elles sont réunies. Mickaël l'a...

— Non, elles ne le sont pas, coupe le vieil homme. Au contraire, elles se sont encore plus éloignées. Trouve la clé de la réunification, et tu accompliras ton destin.

— Tu me parles du Royaume alors que les hordes de Satan sont en train de préparer la fin de l'humanité selon un plan machiavélique, réplique Anton.

— La fin ne se joue pas ici, Général. Ce plan qui vise à dresser les hommes les uns contre les autres, est déjà en échec. Ferme tes yeux, vois comme tu ne ressens plus rien. Les réceptacles sont fermés. Cela a déjà commencé.

Anton s'exécute et ouvre les yeux avec une expression grave, tandis que les anges du groupe sortent leurs Kerns qui ne répondent plus.

— Comment est-ce possible ? Que se passe-t-il ? demande le guerrier.

— Nous ne pouvons plus rentrer, Général, le vieux a raison, tous les réceptacles sont muets. Il doit se passer quelque chose de très grave, lance le lieutenant.

— Assure-toi que ce coup d'État n'ait pas lieu, je te confie les rênes de cette mission, Brann.

— Mais...où allez-vous, Général ?

— Accomplir sa destinée, ajoute le vieil archange.

Dehors, le ciel s'est chargé de lourds nuages, quelques éclairs fulgurants aux couleurs surnaturelles l'éclairent de temps en temps. Ouvrant les fenêtres de l'appartement, Anton déploie ses grandes ailes blanches, et s'envole avec puissance dans les airs.

Vincent CARRERA

CHAPITRE 8
LA FIN D'UN ROYAUME

La brume s'est dissipée dans le petit village de Tigoulet. Le calme est revenu. On entend au-dehors les sirènes des ambulances, et les secours qui s'organisent.

Lorinn sort discrètement du manoir, accompagnée de Malib qui cherche d'un regard inquiet la présence de Lunile et de Corentin, partout autour de lui.

— Nous devons trouver un réceptacle pour regagner le royaume rapidement, dit la jeune fille.

— Et pour les autres ? demande Malib.

— Ils ne sont plus là. Mais c'est bizarre, le kern n'indique aucun portail à proximité.

— Peut-être que l'influence maléfique du lieu ne s'est pas encore dissipée. Essayons de sortir de la zone, dit-il.

— Oui, tu as raison.

Se faufilant dans la forêt les deux anges s'éloignent du terrible lieu encore pollué par le Mal. Arrivée en lisière du bois Lorinn sort son Kern.

— C'est incroyable ! On n'a aucun réceptacle détectable, dit-elle, l'air inquiet.

— Que se passe-t-il ? lance son ami.

Dans la maison de Daniel, les dernières réparations arrivent à leur terme. Une troupe de Mickaël assure le maintien de l'ordre. Un ange rebelle vient d'être arrêté et conduit vers l'arbre de vie pour s'expliquer devant l'archange.

— Tu n'arranges pas la situation en perpétuant inutilement le trouble, accuse l'un des guerriers en s'adressant à l'ange de Daniel.

— Nous n'accepterons jamais cette dictature imposée par votre archange, répond-il.

Arrivés dans la caverne pour voyager vers les étages supérieurs, les deux gardiens constatent que la branche de l'arbre, qui serpente au plafond, ne diffuse plus de lumière.

Loin, au nord de l'Écosse, le vent souffle avec fureur sur le plateau des Highlands. Les nuages forment un immense tourbillon au-dessus du grand réceptacle. Des branches et des pierres volent dans les airs. Des éclairs jaunes balafrent le ciel. Dans ce décor d'apocalypse, l'armée des ténèbres est rassemblée, recouvrant les amas de rocs à perte de vue. Masse compacte, les démons se présentent sous différentes formes : des plus gigantesques, vomissant la lave des enfers par les yeux et la gueule, jusqu'aux plus infimes, hauts de quelques centimètres, frêles, sautillants d'impatience.

Une brèche s'ouvre dans les rangs, laissant le seigneur des ténèbres avancer vers le pentacle géant, autour duquel une centaine de silhouettes encapuchonnées psalmodient de longues mélopées gutturales.

— Maître, êtes-vous certain de vouloir traverser maintenant ce portail ? demande un démon majeur.

Lucifer contemple alors la paume de ses mains, ses traits tirés trahissent encore une grande faiblesse. Il lève alors le regard vers les cieux en levant les bras.

— L'humanité peut attendre, moi, pas. Aujourd'hui, nous rentrons chez nous, lance-t-il de sa voix abyssale qui retentit jusqu'à l'extrémité du plateau. Arrange-toi pour qu'aucune créature céleste ne m'approche.

— Bien maître, le premier cercle fera rempart contre toute attaque, indique le puissant démon avant de se tourner vers le portail.

La formule proférée par le seigneur des ténèbres se mêle aux incantations des disciples, et le portail se met à résonner sur toute sa surface pour devenir un bassin de sang. Dans le fracas de milliers de cris de guerre, les hordes infernales se ruent, tête en avant, dans le passage interdit qui servit autrefois à un amour interdit.

Les deux anges gardiens de Mickaël se regardent, inquiets.

— L'arbre de vie est malade, lance l'un d'eux.

Soudain, le sol de pierre se cristallise en se recouvrant d'une pellicule de givre noir qui progresse rapidement. La petite escorte découvre une foule innombrable de petites créatures qui sautillent en avançant dans leur direction. Bientôt le givre envahit les murs puis le plafond. Des milliers de petits cris stridents emplissent la caverne. L'ange captif se dégage de ses liens.

— Lâchez-moi ! L'enfer est à nos portes !

Adoptant une posture de défense, les anges s'accroupissent.

— Mais comment est-ce possible ! Il n'y a pas de passage ! s'écrie l'un d'eux.

En un instant, comme assaillies par un essaim de criquets migrateurs, les pauvres âmes sans défense sont dévorées par la horde. Un nuage épais, constitué d'êtres démoniaques, creuse un trou dans l'arbre de vie, tandis qu'un autre débouche dans la maison de Daniel. Les premiers anges, abasourdis, se font désintégrer. Plusieurs dizaines tombent avant que les autres ne prennent conscience du drame qui se déroule.

Plus haut dans les étages, la prise de conscience est plus rapide. Valnur fait irruption, tel une furie, dans la salle du conseil.

— Uriel ! Lucifer a trouvé un accès à notre royaume ! Il est, en ce moment, en train de combattre les anges de Daniel. Il sera là dans quelques heures.

L'archange se lève en regardant par la fenêtre.

— Nous ne sommes pas prêts pour cela. Mickaël sera vite en chemin pour l'arrêter, mais la lutte sera terrible.

— Tu dois partir, conseille froidement Nérim. Notre survie en dépend.

— Non, j'affronterai la Bête aux côtés des autres, répond l'archange. S'il y a une petite chance que la prophétie, que tes visions t'ont révélée, se réalise, alors nous devons faire tout notre possible pour qu'elle s'accomplisse.

— Je ne suis pas sûr de ce que j'ai vu, précise Nérim. Tu sais combien mes visions prophétiques sont complexes à déchiffrer.

— Je sais. Alors c'est toi qui vas partir. Trouve-la et puisse Dieu nous entendre dans la détresse.

— Je te promets de la retrouver et de la ramener.

Alors que la bataille fait rage, la bête avance, sa horde avalant les anges sur son passage. Mickaël, à la tête de son armée céleste, parcourt les étages du royaume.

— Maudit Lucifer ! et misérables gardiens ! Auraient-ils tous perdu le sens du devoir en l'absence d'un chef ? Faut-il que je fasse toujours les choses moi-même, gronde l'archange guerrier.

Derrière lui les proches lieutenants baissent la tête sous les éclats de sa colère.

Telle une épidémie incoercible, les flots de démons se répandent et dévorent les anges qui résistent. Couvrant la fuite de Nérim, les deux armées s'embrasent. Une pluie de feu ronge les bâtiments de marbre de la grande forteresse de lumière, alors que des vagues d'énergie rompent les rangs des bêtes sombres pour les désagréger. Jetant dans la mêlée leurs dernières forces, les anges se battent avec vaillance et périssent. Bientôt, la maison d'Uriel ne laisse place qu'à des cendres et des décombres fumants.

Les derniers combats sont d'une extrême violence. C'est alors qu'une charge héroïque enfonce le flanc de l'armée maléfique. Mickaël pourfend les troupes des ténèbres et réussit une immense percée, tandis que des nuages de petites créatures s'étirent en forme de tentacules qui flagellent les anges guerriers.

Toute la structure du bâtiment blanc vacille sur ses bases, Nérim se jette dans la sphère de la salle des voyages. Aucun point de chute ne semble pouvoir l'accueillir, comme si aucun réceptacle n'était activé. Il descend en chute libre vers la Terre, et déploie ses ailes pour finir en torche. Par bonds successifs, il finit par atterrir sous un pont enjambant la Seine au cœur de Paris.

Juste à quelques mètres de lui, un sans domicile, assis sur des cartons, une bouteille de mauvais vin à la main, le regarde les yeux écarquillés. L'être céleste se relève, repliant ses ailes, et se couvre la tête de sa capuche. Il marche vers le pauvre bougre et s'arrête devant lui.

— Ce sera peut-être mon dernier acte de bonté en faveur de l'humanité, et tu n'en profiteras sûrement pas longtemps. Alors au diable les règles !

Plaqué contre le mur, à présent terrifié, le vagabond dévisage l'ange.

— Je...que...qui...vous ? Pitié ! lance-t-il.

— N'aie pas peur de moi.

Une lumière émane des mains de Nérim et enveloppe le pauvre homme. Toutes ses petites blessures et diverses maladies disparaissent. Ses haillons se transforment en une magnifique tenue de soirée élégante. Une pluie de billets de cinquante euros se déverse sur lui.

— Mais que... qu'est-ce, bafouille l'homme.

— Profite de ta dernière soirée ! Amuse-toi, recommande l'ange en s'éloignant sur le quai de la Seine.

Après avoir parcouru une centaine de mètres, Nérim s'arrête au bord de l'eau et regarde la lune qui semble pleurer : il lui semble assister à l'agonie d'un royaume.

« Où es-tu Lunile ? Réponds-moi !

CHAPITRE 9
MEME EN ENFER…

Malgré une activité plus réduite en fin de journée, le va-et-vient reste important au centre de commandement de la Défense. La petite troupe ayant soigneusement effectué ses permutations d'identités avec la complicité de l'archange qui avait choisi de s'humaniser, Brann la dirige vers les quartiers militaires.

— Nous ne devrions pas rencontrer de problèmes en circulant dans l'enceinte, mais si nous croisons un démon, il nous reconnaîtra immédiatement, tient à préciser le lieutenant.

— il faudra agir avec précaution, s'inquiète un équipier.

— Oui… Donc, si cela se produit, vous deux vous vous occuperez des humains circulant dans les parages, pendant que Darel et moi nous neutraliserons la créature.

A l'entrée, le poste de contrôle abrite un planton qui a l'air bien fatigué par sa journée. Brann se présente à la porte.

Le soldat réagit aussitôt en se mettant au garde-à-vous.

— Mon colonel, mes respects. L'ange salue à son tour.

La troupe entre sans problème, et franchit un sas avec les contrôles électroniques adéquats ; mais aucun ne résiste aux pouvoirs surnaturels judicieusement utilisés.

Une petite heure après, l'équipe de Daniel arrive à l'entrée. Le soldat les regarde, méfiant. Marc s'approche.

— Que voulez-vous ? demande le garde.

— Entrer ! rétorque l'ange. D'un geste vif il projette une force télékinésique avec la paume de ses mains, brisant la glace du bocal et assommant le militaire.

L'alarme se déclenche et retentit dans tout le bâtiment.

Son équipier le regarde avec un sourire.

— Ben quoi, nous ne sommes pas censés être très fins, non plus ! ricane le chef. Pressons-nous.

La sirène a déclenché une effervescence croissante au sein des locaux des militaires. Surprise par cet évènement inopiné, l'équipe du Lieutenant Brann se hâte d'accéder aux niveaux les plus sécurisés.

Interpellés dans un couloir, ils s'arrêtent. Des hommes en armes s'approchent d'eux.

— Mon colonel ! Situation d'urgence. Vous devez me suivre au bunker, lance une sentinelle.

Après une seconde d'hésitation, et voulant éviter de déclencher une action problématique face à la troupe de soldats en armes, Brann regarde ses compagnons et acquiesce de la tête.

— On vous suit, sergent.

Sous bonne escorte, la troupe d'anges franchit divers sas pour finir enfin dans une salle de commandement sécurisée où une dizaine de personnes est déjà présente.

— Simple précaution, colonel, le temps de vérifier la nature de l'intrusion détectée, conclut la sentinelle en saluant.

En une fraction de seconde, l'œil démoniaque d'un des hauts gradés présents, attire l'attention de l'ange.

— Certains démons sont là, lance Brann, ils vont nous découvrir tout de suite.

— En fait, cette alarme tombe bien, chef. Les démons ne vont pas enfreindre le protocole, pour ne pas se faire repérer ; et du coup, d'après nos informations, ils doivent être pratiquement tous là en zone de sécurité.

— Tu as raison, dit le lieutenant. Occupe-toi du sas d'entrée et des caméras, nous on se charge des démons.

Par la magie d'un simple geste une surcharge électrique grille tous les circuits alentour, tandis que le groupe se déploie. Dralvor, général usurpateur des armées, se retourne lentement. Il vient d'apercevoir les anges. Il fait un signe aux sbires qui l'entourent. Leurs visages se déforment pour afficher deux grands yeux noirs et des dents pointues. Bondissant au-dessus des tables les créatures assaillent la troupe. Brann se détache de la mêlée pour s'approcher du Général français.

— Je te salue, Dralvor. Comme tu peux le constater, l'opération « coup d'État » est terminée. Il n'y aura pas de déstabilisation de la France, ni du reste du monde. Vous avez échoué.

— Tu crois donc que ta fine équipe va nous arrêter, lance d'une voix caverneuse le démon. Il explose de rire, et ses yeux s'embrasent d'un feu ardent.

La troupe du lieutenant Brann est composée des meilleurs anges de Mickaël. L'affrontement fait rage et, malgré leur maîtrise dans l'art du combat, certains sont blessés grièvement. Au bout d'un moment l'équipe céleste prend l'avantage, et finit par encercler le puissant démon Dralvor. Celui-ci ne résiste pas longtemps aux assauts et s'effondre au sol dans une mare de sang noir.

Brann s'approche pour l'achever.

— Retourne donc auprès de ton maître, qui ne va pas apprécier ta défaite et la mise à mal de son plan.

— Pauvres créatures célestes ! réagit le démon dans un flot de sang qui inonde sa gueule. Vous avez toujours un coup de retard. La France n'est pas le pays qui anéantira les autres… C'est juste un leurre pour vous occuper. Quant à mon maître, il savoure une petite réception à laquelle il s'est invité. A l'heure qu'il est, vous êtes sûrement tout ce qui reste d'un peuple qui vient de s'éteindre.

De rage, Brann lui tranche la tête avec un couteau à la lame fulgurante. Le démon se disloque en une flaque noire huileuse.

Nérim, assis au bord de la Seine, laisse errer ses regards sur les reflets de la lune, dans l'eau qui s'écoule lentement.

— Où es-tu donc, jeune fille ? J'ai tellement envie de croire que tu es la clé de notre destinée !

L'ange se concentre sur le visage de Lunile, et fixe sa pensée sur le médaillon celtique qu'il lui avait remis, il y a quelque temps. Brusquement, ce pendentif lui apparaît dans une éclatante vision, autour du cou d'une vieille connaissance.

Encore très faible, adossé à la paroi de sa prison, Allur ouvre les yeux au moment où le médaillon de sa fille se met à briller de mille feux.

Les deux vieux amis dialoguent alors comme s'ils étaient dans la même pièce.

— Nérim, mon vieil ami ! Comment peux-tu m'entendre ? demande Allur.

— Est-ce possible que tu sois encore en vie ? questionne l'ange prophète. Tu détiens le médaillon de Lunile. Es-tu avec elle ?

— Non, enfin, oui. Je veux dire que nous nous sommes retrouvés ici, en Enfer et elle m'a libéré, reprend l'archange, tout essoufflé.

— Elle doit rentrer tout de suite, passe-lui le message.

— Elle ne peut pas sortir d'ici. Nous ne pouvons pas, car il n'y a pas de sortie.

— Cherche-la et protège-la, je vais trouver une solution, dit Nérim.

Ce dernier se redresse lorsqu'un battement d'ailes attire son attention. Derrière lui vient de se poser, toutes ailes déployées, le Général Anton. Le vagabond retombe sur son carton en jurant.

— Je... j'aarrrête de boire moi !

— Je t'ai entendu, vieux prophète. Par le lien qui nous unit et qui a presque disparu, je peux sentir chaque ange sur cette Terre.

— Jeune Anton, prodigieux guerrier, toi qui as gagné la confiance de notre vénérable Archange Mickaël, ces liens que tu évoques ont presque disparu, car les maisons ne s'écoutent plus. Satan a trouvé le chemin du royaume. Pris au dépourvu, et faute d'unir véritablement nos forces, je ne sais pas combien de temps nous allons résister.

— Trêve de bavardages. Où est-elle exactement ?

— En enfer, répond froidement l'ange Nérim.

Anton le regarde longuement avant de répondre.

— Même en enfer, j'irai la chercher.

— Il n'y a que peu de solutions pour aller en enfer.

— Parle.

— Être banni, ou emprunter la porte d'un démon majeur, précise l'ange en se grattant la tête.

— Ou alors utiliser le dernier réceptacle actif sur Terre, lance une voix féminine qui se rapproche.

Le sans-domicile se frotte les yeux à l'arrivée de Lorinn et de Malib.

— C'est... pas possible, combien ils sooont !

— Nous l'avons trouvé en Ecosse. Nous pouvons modifier sa formule pour créer un passage vers la prison de Satan.

— Ce n'est pas possible, jeune fille. Tous les réceptacles sont fermés. C'est un système de défense céleste automatique qui s'est mis en place, reprend Nérim.

— Alors c'est autre chose, dit Lorinn, mais je vous garantis que c'est un portail.

— J'ai compris ! s'écrie l'ange prophète. C'est le portail des Néphilims. Lucifer en a obtenu la clé et l'a utilisée pour envahir le royaume.

— QUOI ! dit Malib, Satan est au Paradis ! Alors tout est perdu.

— Non, pas tout, reprend Nérim. Tu as raison jeune fille, nous pouvons l'utiliser pour aller chercher Lunile.

— Que Dieu t'entende, dit Anton. Allons-y.

— Une dernière chose, dit le prophète, il faudra qu'un ange ouvre le passage de l'autre côté. Je peux communiquer avec l'un d'eux, là-bas, il saura quoi faire.

Nérim organise le voyage et, rapidement, la nouvelle équipe se retrouve dans les Highlands. Le calme est revenu sur le plateau rocheux. Une dizaine de créatures égarées errent autour du pentacle. La surface du portail frémit toujours.

—Je m'en occupe, dit Anton.

Il extrait de son blouson un petit fusil à canon scié portant le long de la crosse de nombreuses runes luminescentes. Une salve de feu jaillit de l'arme, surprenant les démons hagards.

La prison de Lucifer n'est pas qu'un dédale indescriptible de cavernes, c'est aussi un vaste monde à ciel ouvert avec de nombreuses terres calcinées qui bordent un océan de lave en fusion. La montagne, parsemée de galeries où sont enfermées des milliers d'âmes esclaves de la Bête, semble flotter au milieu d'une mer de feu. Les premiers bannis du Royaume Céleste, les plus proches de la Bête, ont constitué sa garde rapprochée. Deux démons majeurs portant les noms de Sidion et Baldrellus se partagent un coin d'exil proche de la montagne du maître. Un troisième, ayant l'apparence d'un succube, se fait appeler la reine Faldia. Maîtresse de l'enfer des damnés pendus par les pieds, elle porte toute la perversité et la tentation en elle.

Le seigneur Sidion est le plus souvent à l'œuvre dans les plans machiavéliques ourdis dans les sphères de la politique et du pouvoir. D'apparence le plus souvent humaine, il pourrait passer pour un jeune homme d'affaires de Wall Street toujours impeccablement habillé. Baldrellus est le contraire de la finesse. Maître d'œuvre des plus grands massacres, il a un physique de colosse, avec de grandes ailes de chauve-souris, et une tête ornée de cornes en vrille disproportionnées. Faldia est la beauté sulfureuse par excellence. Naturellement pourvue d'attributs démoniaques, comme de petites ailes et une peau tirant vers le rouge, elle apparaît le plus souvent comme une grande femme élancée, aux courbes parfaites, simplement vêtue d'une longue robe rouge sang moulante au décolleté sidérant.

— Vous pouvez m'attendre ici, lance le Général Anton, je vais la chercher et je vous la ramène.

— Je viens avec toi, dit Lorinn qui regarde Malib.

— Pourquoi me regardes-tu ainsi ? Évidemment que je viens aussi, se fâche Malib.

Nérim fait un signe de la tête.

— Ce portail va où l'on veut, à condition de modifier légèrement ses paramètres. Il sera un aller simple pour l'enfer si personne de l'autre côté ne le maintient ouvert, indique le prophète. J'ai pu entrer en contact avec un vieil ami retenu prisonnier depuis longtemps dans ce cloaque. Il va nous aider.

— Alors allons-y, conclut l'ange guerrier.

Après quelques incantations, et la combinaison de toutes les énergies présentes, les quatre créatures célestes se jettent dans le bassin de sang. Leurs silhouettes s'évaporent en un instant. Tournoyant dans une atmosphère brûlante dans un décor rouge feu, les âmes sont transpercées de mille aiguilles. La souffrance atteint son paroxysme quand les anges sont projetés dans une grande caverne où l'odeur de soufre prédomine. Appuyé contre une paroi, les deux paumes des mains brillantes, Allur maintient sa concentration.

— Bonjour mon vieil ami, je suis vraiment désolé que nous nous retrouvions ainsi, et que tu aies tant souffert, lance Nérim.

— Bonjour le prophète. J'aurais aimé te revoir aussi en d'autres circonstances. Je maintiendrai ce portail ouvert jusqu'à votre retour. Lunile est quelque part dans les dédales de la montagne infernale. Elle ne doit pas être très loin d'ici.

L'équipe de sauvetage se met rapidement en route en utilisant la seule issue de la salle. D'un pas hâtif ils longent les parois qui pleurent au son des âmes torturées. De temps en temps un nuage corrosif vient étonnamment brûler la peau des anges qui se protègent du revers de leur manche. L'endroit est totalement déserté, comme si l'enfer avait déménagé en abandonnant prisonniers et engins de tortures.

Bien loin de là, à la surface, dans une grande ville des États-Unis, au cœur d'un quartier populaire, Bronzeville, dans le South Side de Chicago, se dissimule un groupuscule de démons en passe d'accomplir le plan machiavélique de Lucifer. Bientôt l'homme frappera l'homme avec ses propres armes, et déstabilisera la planète entière. L'énergie chaotique qui s'en dégagera permettra de régénérer les forces de la Bête qui pourra enfin régner en maître.

A la manœuvre, le seigneur Sidion a infiltré ses troupes dans les strates sociales du pays le plus puissant au monde.

Des heures durant, le groupe d'extraction parcourt le dédale infernal de la montagne de feu. Les salles d'horreur se succèdent, révélant le nombre extrême d'âmes qui ont pactisé avec le Mal.

— Le Patron devrait voir ça ! lance Lorinn. Je n'avais pas conscience qu'il y eût tant de captifs. C'est affreux !

— C'est le libre-arbitre… répond Nérim. L'homme a tout à fait la liberté de vendre son âme au diable contre quelques arrangements, quelques aménagements qui ne sont pas consentis à titre gracieux. Bien sûr, nous intervenons au maximum pour limiter ce type de marchandage.

— Je n'ai pas fait le choix de devenir un ange, dit la jeune fille.

— En effet, mais le processus d'élévation au rang de créature céleste est tout à fait particulier, explique Nérim. Depuis que le monde est monde, les âmes s'incarnent et se réincarnent au fil des siècles. Certaines disparaissent et d'autres naissent. Ce flux irrigue les veines de l'arbre de vie. Elles proviennent toutes de sa sève. Lorsque l'une d'elles arrive, il se peut qu'elle soit marquée.

— Marquée ? demande Lorinn.

— Oui, marquée, répond Nérim, touchée par la grâce, imprégnée d'un peu d'essence divine. C'est le grand jeu du Patron. Il dépose une étincelle divine dans certaines âmes. Celles-ci s'incarnent et accomplissent de grandes choses au fil du temps. Ce sont toutes ces choses que je suis chargé de révéler dans mes bassins divinatoires. Je suis le gardien des âmes élevées. Chaque maison détient le secret de l'élévation. Chaque maison peut révéler la marque, et percevoir au travers des choses accomplies, si telle ou telle âme sera un ange d'Uriel, de Daniel ou d'un autre.

— Alors pouvez-vous me dire ce que j'ai accompli ? car je n'en ai aucun souvenir, demande-t-elle.

— Ah, le mystère divin ! Eh bien, il me semble qu'il n'y a pas si longtemps, tu fus une certaine Florence Parpart qui a inventé, en 1914, le réfrigérateur électrique moderne. Ce n'est pas seulement dans les inventions qui font progresser l'humanité que je vous remarque, mais ça compte !

— Vous plaisantez, Nerim, dit Lorinn en fronçant les sourcils.

— Non, pas du tout, reprend celui-ci très sérieusement.

— Pressons-le pas, dit Anton en coupant court à la discussion.

Le groupe parvient devant un profond ravin au fond duquel bouillonne un torrent de lave. Un pont de cordes noires le traverse pour conduire à l'entrée d'un autre passage. Les anges décollent légèrement du sol, pour s'engager au-dessus du vide. Mais, dans un éclatement de bulles, un tentacule jaillit hors de la lave pour se projeter sur Malib, s'enroulant autour de sa cheville pour l'entraîner vers le magma liquide avec une force prodigieuse. Anton tente de le rattraper en vain, et se lance alors à sa poursuite en piqué.

Bientôt les ailes du pauvre ange commencent à se consumer, et de ses plumes se détachent de petites cendres incandescentes. Malib hurle en essayant d'électriser l'appendice du monstre. L'impact dans la lave est imminent. Lorinn voit ses mains s'auréoler de lumière et, in extremis, enveloppe son ami dans une bulle transparente qui se pose à la surface et peine à s'enfoncer ; mais elle finit par être engloutie.

— Maudits démons, lance le Général qui remonte avec un air abattu. Je vous avais dit de m'attendre à l'extérieur ! Vous n'êtes pas de taille pour affronter cet environnement hostile. Vous me ralentissez et vous allez tous mourir ici. Repartez vers l'Archange Allur et attendez-moi. Nérim prend Lorinn dans ses bras.

— Il a raison. Faisons demi-tour et attendons qu'il ramène Lunile, dit le prophète à la jeune fille.

Celle-ci se mord les lèvres en baissant le regard vers le torrent de lave, puis repart vers la caverne.

— Protège-la jusqu'à mon retour, lance le guerrier.

— Sois prudent, répond Nérim.

Anton fond comme un aigle vers l'entrée du passage, de l'autre côté du ravin. Après avoir parcouru plusieurs centaines de mètres, il s'arrête et appuie ses mains contre la paroi.

— Lunile, je sais que tu es là, se répète dans sa tête le guerrier. Entends-moi.

Un instant s'écoule. Le cri d'une créature résonne dans le lointain.

— LUNILE ! hurle le jeune homme.

Blotti contre sa mère, le jeune ange repose sa tête sur son épaule. Soudain, elle se redresse.

— Tu as entendu, maman ?

— Non, je n'entends que les plaintes des âmes tourmentées, répond-elle.

— On vient de m'appeler ! Je connais cette voix.

Elle ferme les yeux pour se concentrer. Le lien s'établit alors.

— Je peux t'entendre, Anton, dit-elle.

— Oui, moi aussi ma princesse, je peux même te sentir ! Il s'élève alors au-dessus du sol pour cingler dans sa direction, évitant tel un missile, les stalagmites environnantes.

Quelques instants plus tard il débouche dans l'alcôve qui sert de refuge aux deux otages.

— Te voilà ! dit-il en la serrant dans ses bras. Charlaine se relève.

— Anton ! Est-ce bien toi que je vois là, devant moi ?

— Oui, madame. Beaucoup de choses se sont passées depuis notre dernière entrevue. Mais ne restons pas là.

Réunissant leurs forces, ils s'empressent de rejoindre l'archange Allur. Cependant, se mouvant par des sauts intermittents, une ombre semble les prendre en chasse. Anton l'a vue et presse le pas. Connaissant les lieux comme sa poche, la créature emprunte différents passages pour finir face aux fuyards. Son corps de forme humanoïde est recouvert d'épines qui laissent suinter un liquide vert à l'aspect virulent. D'un geste coordonné, il projette sur ses cibles une pluie d'aiguillons empoisonnés. Anton se tourne et protège les deux femmes avec son dos et ses ailes. Un rictus du coin de sa bouche trahit la douleur ressentie alors que des centaines de fléchettes le criblent en un instant.

— Anton ! s'écrie Lunile.

— Partez ! Je vais le retenir. Vous êtes à proximité du portail. VITE ! Crie l'ange guerrier.

Charlaine tire sur la main de sa fille en direction du couloir tandis que le Général se retourne lentement pour faire face à la menace. Elles arrivent dans la grande caverne au plafond voûté au grand soulagement de leurs amis angoissés. Lorinn se jette dans les bras de Lunile. Allur leur adresse un sourire bienveillant, puis invite tout le monde à franchir le portail. Lunile jette désespérément un coup d'œil derrière elle dans l'espoir de voir Anton surgir. Tous se regardent. Charlaine entraîne à nouveau sa fille. Celle-ci regarde son père avant de passer le seuil.

— Tu pars avec nous, n'est-ce pas ? demande-t-elle les yeux fixés sur son visage exprimant la souffrance.

— Je te suis, ne t'inquiète pas, répond Allur. Nérim regarde l'archange. Chacun sait ce qu'il a à faire.

Rassurée, Lunile traverse le réceptacle.

— Adieu, mon vieil ami, lance le prophète.

— Protège-les toutes les deux, promets-le moi.

— Je te le promets.

— Alors adieu.

A peine le dernier ange disparu, que l'entrée de la salle vomit une vague de créatures ailées à la poursuite de l'ange guerrier.

— Fonce ! crie Allur. Ne te retourne pas. Un dernier échange des regards, pleins d'estime réciproque, et Anton se jette dans le portail qui se referme derrière lui lorsque l'archange lâche prise.

Tous encore à quatre pattes en train de récupérer de la traversée éprouvante, Lunile fixe le portail qui se rétrécit. Anton s'en extirpe à la limite de la fermeture, provoquant en elle, une vague de joie rapidement tarie par la douleur.

— NOOOON ! Mon père est resté là-bas, hurle-t-elle.

Anton la retient pour la réconforter.

— Nous n'avions pas le choix, dit Nérim. Je suis désolé. Il ne pouvait pas rentrer avec nous.

— Non, non, non, je vais le chercher ! dit-elle en se débattant.

— C'est trop tard, dit calmement Anton. La horde qui me poursuivait a dû avoir raison de lui.

Elle s'effondre dans ses bras. Sa mère lui pose la main dans le dos.

— J'avais tellement de choses à lui dire, balbutie Lunile en sanglotant.

Puis, se redressant, elle lève les poings vers le ciel comme pour défier un être invisible.

« Tu m'as pris mon père, tu m'as pris Corentin, hurle-t-elle. Je le jure, je te détruirais.

Les larmes lui coulent abondamment sur les joues. Anton la resserre contre son torse. Elle l'étreint en se blottissant.

Vincent CARRERA

CHAPITRE 10
AUTOPROCLAME

Le champ de bataille est jonché de lances, et de bien d'autres armes, abandonnées dans la déroute. Poussés dans leurs derniers retranchements des milliers d'anges sentent que s'évapore ce qui subsiste en eux d'essence divine. Retranché dans sa forteresse Mickaël, quant à lui, continue le combat qui prend une tournure funeste. A la tête de l'armée infernale le démon Baldrellus conduit les derniers assauts.

— Comment les arrêter ? demande un proche de l'archange.

— Le patron va bien envoyer un signe ! Mais que fait-il ? répond l'archange fou de rage.

— Il nous teste ?

—Tout ceci ne ressemble pas à un test, que je sache !
Il ne me reste plus qu'à aller chercher le feu du ciel
pour repousser cette horde et son maître.

— Vous croyez vraiment que cela va fonctionner,
Tout-Puissant ?

— C'est notre dernière chance. Tiens notre dernier
rempart, le temps que je revienne.

Mickaël s'éloigne en toute hâte de la bataille, pour
s'engager en un éclair sur l'escalier de la montagne
sacrée. Seuls les Archanges peuvent franchir
physiquement l'arche qui mène à la résidence du
Patron. Au terme d'un long escalier à flanc de
montagne, un pont de pierre transparent comme de la
glace permet d'accéder à une arche entourant un
portail lumineux. L'Archange s'arrête un instant au
seuil de la passerelle.

— Père ? Puissent les feux du ciel se déchaîner une
fois encore sur la Bête et son armée. Je t'en conjure !

D'un pas déterminé il franchit le pont et traverse
l'arche de lumière. Le passage conduit à une salle
creusée à même le roc. En son centre quatre statues,
représentant les quatre archanges, se tiennent par la
main, encerclant un piédestal sur lequel est fixé un
sceptre coiffé d'un diamant de la taille d'une mangue.

— Je sais que je peux réveiller le feu du ciel, seul. Fais-moi don de la force suffisante, Père.

Les paroles de l'Archange ne rencontrent aucun écho. Il s'approche de l'artefact, le désengage de son socle, le tient solidement à deux mains et le lève vers le plafond.

— Je t'en supplie, Dieu tout-puissant, déclenche le feu du ciel !

Les yeux de la statue le représentant émettent alors une faible lumière bleue, mais les trois autres restent de marbre.

— Bien, de toute façon c'est à moi d'éliminer la Bête. Je suis le chef de ce Royaume, et j'utiliserai seul le feu du ciel contre Satan. C'est bien ce que tu veux ? Je me rachèterai ainsi de mes fautes passées, et je détruirai Lucifer en ton nom et pour l'humanité.

Avec assurance, Mickaël reprend le chemin de la citadelle assiégée.

Alors que le feu continue de pleuvoir sur la forteresse, le spectacle qui s'offre aux yeux dévoile un champ de bataille au cruel déséquilibre quant aux forces en présence. Comme chaque ange doit faire face à une dizaine de créatures, il se retrouve rapidement en difficulté. Tels des nuages épais d'étourneaux, de petits diablotins fondent sur les survivants pour leur porter de multiples coups de griffes. Au milieu de l'armée infernale, immonde grouillement, quelques démons à la taille démesurée, abattent des blocs de roches en fusion sur les remparts de la forteresse de fer. Dans une zone stratégique du champ de bataille, le puissant Baldrellus se livre à un véritable carnage. D'une taille prodigieuse, il piétine les anges guerriers de ses énormes pattes griffues. Ses ailes de chauve-souris géantes sont zébrées de feu, et sa longue queue pointue s'agite en claquant, pourfendant les pauvres anges qui résistent. Chaque créature qu'il anéantit avive un brasier dans ses yeux.

Un groupe d'anges guerriers prend son envol depuis la citadelle. Derrière eux, le grand Mickaël porte le feu du ciel.

En contrebas, un leader harangue son bataillon :

— Mickaël est de retour, hurle-t-il. Il porte le feu du ciel avec lui, le feu grâce auquel l'armée angélique a terrassé Satan lors de la dernière guerre. A ces paroles virulentes, les anges redoublent de courage. Leurs armes embrasent l'air et déchiquettent les démons à la chaîne. Alors que le combat retrouve un semblant d'équilibre, un souffle inouï projette des centaines de combattants au sol. Le hurlement strident de la Bête fige tous les guerriers qui tournent la tête vers l'Etre sidérant.

Drapé dans un manteau de fourrure noire, agrémenté d'une longue traîne dans laquelle des âmes torturées semblent enfermées, la Bête s'avance péniblement vers le devant de la scène. Haletante, elle rassemble toute son énergie, et lève sa main griffue pour interrompre la bataille. D'une voix couvrant toutes les autres, elle s'adresse au leader de la maison.

— Mickaël ! Abdique et tu sauveras ce qui reste de tes êtres de lumière. Bientôt, toutes les maisons tomberont.

L'archange fait volte-face dans les airs à cet appel. Il est couvert de blessures. Il se pose au sol et s'avance fièrement, au milieu de l'armée grouillante, traçant une tranchée dans les rangs.

— Ai-je le choix ? Comment as-tu osé profaner l'espace sacré de ce Royaume ?

— Mon cher frère, ce n'est que le juste retour des choses. Ah, décidément, l'homme est bien à l'image de Dieu et vous êtes tous des faibles ! Toutes ces querelles et ces divisions puériles vous ont conduits là où vous êtes. Votre vigilance s'est considérablement affaiblie. Tu as bien défendu ton Royaume. J'épargnerai tous ces pauvres anges. Après tout, ils n'ont fait que vous suivre, vous les Archanges. Comme à la bonne époque où Dieu m'a demandé de me prosterner devant l'humanité, je te demande de t'agenouiller devant moi et de reconnaître mon pouvoir. Il est bien révolu le temps où mes plus fidèles serviteurs ont dû user de toute leur énergie pour me libérer de cette maudite cage ! Répète donc ceci : Moi, Archange Mickaël.

L'immense combattant s'agenouille.

— Moi, Archange Mickaël.

— Je reconnais ton pouvoir et j'accepte ta domination, Roi des Ténèbres et des Enfers.

— Jamais ! rugit l'archange en se relevant.

Il dégage de son dos l'artefact, et invoque toute sa puissance. Une clameur exaltée des survivants de son armée résonne au diapason. La relique scintille de mille feux aveuglants, puis projette une tornade de feu divin sur le prince des Enfers, réduisant en poussière les démons qui l'entourent. Le feu emporte sur plusieurs dizaines de mètres tous êtres vivants. La fumée se dissipe enfin pour dévoiler une tranchée écarlate dans le sol, comblée de monceaux de cadavres démoniaques.

Sous les yeux, dilatés par la stupeur, des combattants, la Bête s'extrait des décombres, à peine blessée. Elle s'avance vers l'Archange, le touchant presque.

— Je prévoyais ta réaction. Ton arme ne peut rien contre moi. Elle puise dans ta force, mais en l'occurrence seulement dans la tienne. Or, je te suis supérieur aujourd'hui. Et d'un geste puissant le bras de Satan, mué en pieu noir, luisant, transperce la poitrine de la créature céleste qui s'effondre sur le sol. Penché sur le puissant guerrier ailé, les yeux dans les yeux, il reprend :

« Il est loin le temps où tes frères unissaient leurs pouvoirs pour mettre en échec ma malignité. Où est donc ta belle armure flamboyante qu'avait conçue le brave Daniel ? Oh ! mais Daniel n'est plus…

— Tu ne vaincras pas les anges, Lucifer, souffle, agonisant, le chef de guerre.

— Si proche de ta fin tu crois encore pouvoir faire quelque chose ? Mais pourquoi le ferais-tu ? Pour cette humanité pour laquelle tu as tout sacrifié ? Regarde bien ce que sont devenus les hommes, mon frère. La guerre, la perfidie, le meurtre et l'égoïsme, c'est tout ce qu'ils chérissent. J'aime cet Homme. Oui, je l'avoue. Mais je le laisserai vivre au rang qu'il mérite : le rang d'esclave.

La Bête arrache son pieu mortel du thorax de l'Archange, et se retourne, levant les bras en direction de la montagne sacrée.

— Père ! Ton fils adoré est de retour ! A perte de vue, l'armée des Ténèbres se mue en houle puissante en signe de victoire, tandis que les anges de Mickaël laissent tomber leurs armes.

De retour en Écosse, la petite équipe se remet doucement de son périple en Enfer.

— il va falloir organiser la résistance, lance Nérim. Nous ne pouvons pas retourner au Royaume Céleste pour l'instant. La Bête a pris possession des lieux.

— Je ne comprends pas comment cela a pu arriver ! se plaint Anton.

— Tout est de ma faute, l'interrompt Charlaine. Anton la regarde fixement.

— Non maman, tu as dû faire un choix extrêmement difficile. J'ai confiance en toi, et j'ai confiance en nous. Aujourd'hui, je me sens forte. A tes côtés, Anton, nous allons libérer notre peuple.

— Tu as raison ma princesse, sourit l'ange guerrier. Allons chercher ma garde rapprochée à Paris, et organisons la résistance depuis la terre des hommes.

— Lorsque nous aurons chassé Satan, j'irai chercher mon père. Il est vivant. Je le sens.

— S'il est vivant, nous irons le sauver ensemble, l'encourage l'inébranlable Anton.

PAGE D'AUTEUR

Ce volume 2 fait partie de la saga **"Angel Eyes"**.

Nous souhaitons la décliner en bandes dessinées, en jeux vidéo et en film d'animation 3D. Bonne lecture.

Editions: WisGames-Studio – Janvier 2016

ISBN: 979-10-95562-05-4

http://www.wisgames-studio.com

contact@wisgames.com

132